good good study
day day up!

童年话语：
小学课文，成长的见证

岳 瀚◎著

三辰影库音像出版社
SUNCHIME

图书在版编目（CIP）数据

童年话语：小学课文，成长的见证 / 岳瀚著 . —
北京：三辰影库电子音像出版社，2018.2
ISBN 978-7-83000-303-6

Ⅰ . ①童… Ⅱ . ①岳… Ⅲ . ①散文集－中国－当代
Ⅳ . ① I267

中国版本图书馆 CIP 数据核字 (2018) 第 004215 号

书　　名：童年话语：小学课文，成长的见证
作　　者：岳　瀚
出版发行：三辰影库音像出版社
地　　址：北京市朝阳区北苑路媒体村天畅园 2 号楼
出 版 人：王六一
印　　制：三河市天润建兴印务有限公司
开　　本：880 毫米 ×1230 毫米　　　1/32
印　　张：6.5
版　　次：2018 年 5 月第 1 版
印　　次：2018 年 5 月第 1 次印刷
书　　号：ISBN 978-7-83000-303-6
定　　价：28.00 元

序 言

那是在南宁，柚子成熟的时节。和秦玮，在我们二级学院的研究生"活动室"吃柚子。柚子不算太甜，于是回忆起曾经学过的一篇小学课文。以此为"点"，展开了对多篇课文的"探讨"。

这是本书写作的源起之一。

"重读"的想法早已有之。因为从某种程度上讲，小学课文带领我们"睁眼看世界"。并且，它们"帮助"我们串联起一个完整的成长记忆链条。课文的"作用"，不仅体现在课上，更延伸至课下。从现今很多情形看，太多的人和我一样，将小学课文视作恒久珍藏。

对小学课文的记忆，是个人的，也是集体的。因此，即便重读的文章出自我手，但写作过程中，"采访"工作不可或缺。当然，也要查资料、翻文献。于是，发现了一个"秘密"：对这些课文存有"感觉"的人，多生于 20 世纪 80 年代末至 20 世纪 90 年代初。是巧合，还是另有"隐情"？

以我为例，1994 年入学，2000 年毕业。这六年，社会发展自然日新月异，新事物层出不穷。那一时期的小学生，感受到了时代的脉搏，但又没有生活在一个"快"得无沿的时代。社会的进步让我们学会了"记忆"；没有网络、智能手机、平板电脑、兴趣班、补习班……这样相对"慢"的生活，让"记忆"有了时间上的保障。

《语文》要学多少年，课文就要"读"多少年。但初高中阶段和小学阶段有质的不同。当时，小学生活亲近、活泼、无压。即便课堂氛围总体严肃，但如今回想起来，可以算是"快乐教学"了。进入初中后，"孩子般"的状态也许还会保留一段时间，但中考的紧迫感还是会在某一刻降临。于是，包括课文在内的许多东西展露出严肃的一面：难度、压力、紧张……尽管是好文美文，但想进入记忆深处，真的是有难度了——不是不想记，真的是"顾不得"。而到了高中，"进度"是重要的。语文学习也不例外。赶路不是"慢游"，即便沿途有优美的风景，急于抵达目的地的人也欣赏不到。当然，对小学阶段课文印象之深，还因那是一个充满幻想的年龄段。因自己将一定的想象附加给课文，使它进一步成为记忆中的一部分。但随着年纪一天天变大，人越来越"现实"。现实的东西，总不如想象的常叫人挂念。

特定的时代、特定的人生节点，使这代人生成了对小学课文非一般的情感。渐渐地，发觉如果不进行"实质性"重读，将变成一种心结。于是，再一次找出那一本本用过的课本。六年共12册，现存9册。最早的一册距今22年，也是品相最"不堪入目"的一本；最晚的也已有17年的"历史"。有人建议我通过旧书网站将12册补齐，但我决定坚守这种"残缺美"。因为书可以到手，但书中的"内容"无法回来。

看课本，盯字迹，不知不觉会持续很长时间。课本上的字，有的工整，有的歪斜，都出自我的手——真实且虚幻。这不同于看老照片，字迹更能引发人的遐想——我仿佛看到一个小男生正"奋笔疾书"，甚至走过去和他聊天，拉他的手或摸他的脸……重读课文，实有这样的感觉——自己和自己对话。破烂烂、脏兮兮的课本，在重读的一刻，无语凝噎。

文章25篇，但不止涉及25篇课文。作为"重点"的25篇课文，既是给我留下深刻印象的，想必也是"一代人"记忆深处的。在写作手法上，有些篇目通过课文回顾自己的成长历程；有些则以课文为切入点，对相关的"人""事"做进一步挖掘。后一种写法，"逼"我在短时间内读了大量本应读却一直没有读的东西。若没有这样的"重读"，如此主动的学习体验，不知何时才会再次获得。同时，在重读的过程中会发现，曾经的小学课文，在今天仍是获取新知的起点。而前一种写法，即便是个体生命经验的再现。但我想，很多经历与意象，跟我同龄的人不会感到陌生。所以，前一类文章，不敢说是20世纪80年代末至20世纪90年代初出生的人的成长史与心灵史。但读它们，如果能捕捉到自己童年的影子，吸进一口畅快的空气，甚至窥见20世纪90年代至21世纪初中国北方小城的普通生活……作为作者，倍感欣慰。

尽管很多图景宛如昨天，但距离小学毕业，已过去近20年了。无论哪个年龄段，人都在成长。成长不易。看似于平静中长到一定年岁，但细细回味，波澜与挣扎同样不少。康德（Immanuel Kant）认为，知识，并非成长最重要的，勇气排在首位。所以，很多时候，人要学着肯定自己。这样的前提，增添着对自己刮目相看的砝码。同时，珍重自己的"身边人"。尤其在写回忆类文章的时候,愈加感到自己的成长史。对自己身边的"他们"而言,就是一段关于自己的"陪伴史"。所以,向岳永年先生和赵芳女士表示敬意。他们和很多其他父母一样,辅导功课、检查作业、听写、签字……但对孩子的理解与包容、物质与精神上的满足,我认为他们是"超越的"。我的姥姥李琼女士,接送我两年时间——一年级到二年级。因送我上学,她学会了骑三轮车,一天八趟往返于家与学校之间。(我常"调侃"说,是我让她学会了一项技能)不管酷暑严寒,很多时候,早上送我上学后"直奔"菜市场,回家还要操持一家人的午饭。

写作的过程,我不止一次想:做这件事的价值有多大? 其实,我很清楚,这项"工程"本身是有价值的,只不过自己还不具备放大价值的能力。但,我仍愿意做出这样的尝试。虽带着热情去写每一篇文章,不过,很多时候,"下笔"的一刻,无比艰难;写的过程,也遭遇过思路的间歇性枯竭。因此,25 篇文章的完成,并非顺风顺水。但在这一充满激情与挑战的过程中,还是找到了一种"研究"的快感……也许,这,就是一种价值,或曰"潜在的"价值。

好了,现在言归正传。

2017 年 6 月 27 日于德州寓所
2017 年 7 月 4 日改于青岛寓所

目录

CONTENTS

地理的启蒙

　　《祖国多么广大》是一首我目前没有寻到作者及原始出处的短诗。它在课本中的位置，是一年级下册的最初几课。1995年的正月十五是公历2月14日。正月十六或十七开学，这一"传统"延续至今。也就是说，学习这篇课文的时候，应该是二月底三月初的某一个上午。也许那时的气温还未完全回升，但也是一个生长的、勃发的季节。而这首短诗，确实带有几分蓬勃的气质。

　　全诗共39个字，没有深奥的词汇和复杂的意象。朗朗上口，适合儿童读，尤其是大声、有感情地朗读。那时，我们进入到了小学十二个学期中的第二学期，从大的层面讲，仍属这个群体中的"新人"。既然是新人，就爱表现。至于在朗读上的表现，就是不知爱惜自己声带的放声高喊。通常，老师也喜欢听到大的声音。我们不加保留地大声朗读，但有时也难以做到从头到尾的大。所以，声音才变弱，站在黑板前的老师便会板着脸"训斥"——大一点声、再大一点声。果然，老师的话刚落，又是一阵高潮。还有的时候，训斥尚未到来，我们会"自觉"制造新的高潮——别班的朗读声传入我们耳朵，是无法忍受的，我们要齐心协力、想方设法压过他们。怎么压，自然是提高嗓门。说来也怪，没人指挥，我们却把"一致对外"演绎到了一个相对高的水平。或许，只能用某种童年的"神秘力量"来解释这一现象。因此，在小学的教学楼中，朗读声最大的永远是低年级所在的楼层。

再说这首短诗，所含信息量是可观的："海南岛""长江""大兴安岭"，是地理名词；"鲜花盛开""柳枝发芽""雪花飞舞"，是自然现象。而全诗最后一句"我们的祖国多么广大"，则上升到爱国的层面。所以，重读此诗，由衷感到作者的不凡。但这种感受，在当时是无论如何不会产生的。同时，这首诗不单可以出现在小学低年级的语文课本中，初中地理、高中地理、"文综"，同样可以围绕它做出不少可深可浅的"文章"。在此就不做赘述了，一路走过来的人，想必懂得其中的玄妙。

1995 年，距离现在已过去 20 多年。如今的一年级小学生不敢说知道的东西有多么多，但至少在接触外界信息方面，一代还是比一代强。一年级的小学生，不论是 1995 年，还是 2017 年，既然他们的属性都是一年级小学生，故他们身上存在着相同点。甚至从某种程度上讲，相同的方面还要多于不同的方面。或者这样理解，相同是绝对的，不同是相对的。因此，个体身上的剧变，时代的影响力要弱于年龄、地域等因素。譬如，假设一个 1995 年的大城市的一年级小学生"穿越"到现在，他／她的气质与知识面，想必仍会让欠发达地区的家长、老师与同龄人刮目相看。

上述只是宏观地讲，并不意味着时代因素对人的影响是不重要的。时间在推移，人们的观念在变化，收入总体而言在增加，这些方面对儿童认知的影响不可忽视。以地域不变为前提，今天不少六七岁的儿童，他们看得更远，走的路更多，是事实，所以，知晓或到过"海南岛""长江两岸"或"大兴安岭"的人数终归要多于1995年的小学一年级群体。因此,1995年的一年级小学生,多是从语文课本中首次听到了一些陌生的地名,也就第一次萌发了切实的"地理"的意识。

但,这样的认知终究不是"立体的",故难以形成一种形象的观念,更难做到所谓的活学活用、学以致用。古罗马帝国时期的思想家奥古斯丁(Saint Aurelius Augustinus)说过:"世界是一本书,不旅行的人,只看到其中的一页。"在这方面,我是幸运的。上小学前,就到过几个所居城市之外的地方:济南(1990)、天津(1992)、北京(1993)、郑州、西安、庆阳(甘肃)……数量虽不多,但如此出行经历,在当时已十分难得。并且,对一个尚不到七岁的孩子来说,上述行程也足够"消化"一阵。尤其是1994年夏末的西行,时间和距离的跨度都相当了得。那一次出行,第一次知道何为"高速""国道",认识了"村庄"的交通标志是

1994年8月底,"西岳"华山

一座房子旁立着一棵树；去了著名的"亚细亚"商场和在我出生那年就被列入《世界遗产名录》（The World Heritage List）的秦始皇兵马俑；还登了半截以"险"著称的西岳华山……当然，也是那一次，第一次体会到晕车和思乡的滋味。

　　日后的学习，地理学科包括小学高年级的社会学科是我较为擅长的，尽管已无法断定是否和之前的那次"西行"有直接关联。小学阶段的社会课我是绝对擅长，期末测试还拿过满分。这门课由当时的教导主任兼任，因为是"大领导"，所以只熟悉班上几个综合成绩不错的学生，或出了名的调皮捣蛋的"坏学生"。考一百分的不止我一个，好像是三个。但在她及不少同学看来，我是最不应该的一个，甚至还在班上公开问我"抄了吗？"我的回答当然是"没抄"。我当时并没有"生气"的感觉。落座后，坐在不远处的一个同学不依不饶，冲我小声说"肯定抄了"。但不客气地说，起码那一册的《社会》，即便上课"不带耳朵"（老师们普遍爱说的一句话），可能也会考满分。我有本精装的、留存至今的、上海辞书出版的《熟读江山万里图》。很长一段时间，它是我的"枕边书"，不但"熟读"，几乎做到了"通背"。后来发现，高中《地理》的诸多并不算普及的知识点，在这本书中也有所呈现。只不过，我擅长的地理，只是社会经济部分，自然地理例如时差、地形、气候、洋流等近乎一窍不通。高中《地理》的综合考试题目，无论是选择题还是"大题"，常以自然地理为切入点——先用自然地理的知识判定"此地"，再谈此地上的其他。所以，多数时候，我只能"倒推"，但成功的概率，真的不是很大；而在"文综"的考卷上，更影响政史题目的作答……所以，可惜、可怜、可叹！

当春风再一次吹过

　　《春风吹》同样是一首没有查到作者及原始出处的写给孩子的诗。这首诗至今仍出现在一年级下学期的语文课本中，但从"讲读课文"变成了"选读课文"，我们那时叫"阅读课文"。今天的小学语文教材突出了课文作者，不少之前并未标出作者的课文，如今都有所体现。不过，《春风吹》的作者仍是"缺席"的，不知是实在无法考证作诗之人，还是这本就是一首专为教材撰写的诗歌。

　　从文学层面上讲，和《祖国多么广大》不同，这首《春风吹》的篇幅更长，节奏感更强，意象也更为"孩子气"。所以，虽在上一篇中提到了课文的朗读，但坦率地讲，我已记不得在课堂或早读上，大家齐声诵读《祖国多么广大》的场景了。倒是这篇《春风吹》，对于朗读的记忆十分深刻。而教学大纲的要求是"背诵课文"，可能进一步加深了印象。从学《祖国多么广大》到《春风吹》，时间应过去了 7 至 12 天，寒冬的景象已消失殆尽：冰雪融化、春回大地、草长莺飞……当我们大声读着《春风吹》的时候，窗外的春风可能正在轻轻地吹。

　　20 多年后，再一次翻开自己用过的、已被画拉得乱七八糟的小学一年级语文下册，默读起这首《春风吹》，发现了一个"生字"，看到字上方的拼音才忽然意识到，是"蓖麻"的"蓖"。这个字太不常用了，以至于现在让我动笔书写，可能都无法准确写出。课后的生字表中没有这个字。（但有"葵花"的"葵"）而如今作为"选读课文"出现在教材中的《春风吹》，也发生了变化：最后两句不再是"大家快来种蓖麻，大家快来种葵花"，而是变成了"大家快来种树，大家快来种花"。

再读《春风吹》，还有一点引起了我的注意。课后的练习，有这样一道题目：你喜欢春天吗，为什么？我记不得自己是否回答了这个问题，也不记得别的同学是怎样做出的回答，更想不起老师的"参考答案"是什么。但如今用成年人的视角去审视这道题目，无疑是一道给定了答案的题。我想，在当时，没人会说自己"不喜欢"；即便真有人有其他想法，也多半"不敢"表述。因为在潜意识中，知道只有"喜欢"这个答案才是"正确"的。

但，真的人人都"喜欢"春天吗？

首先要承认一点，我想，大部分人还是喜欢春天的。春天，代表着新生、代表着希望；春天是温暖的、嫩绿的……可谓一切慰藉的衬托，一切美好的所在。尤其对于活泼好动的孩子而言，春天可以同玩耍直接联系起来。脱去厚笨的冬装，于玩耍之处自由伸展。春天，尤其是寒假结束后至五月前的春天。夜，来得已经比较晚了，但学校执行的仍是秋冬作息时间。学，放得很早；但天，还得再过好一会儿才黑下去。而三四月间，温度回升极快。这一两个小时，是童年时光的黄金一刻。即便如此，当时我们也不会用"玩"去诠释春天的美好。记忆中，小学的课堂上，"玩"

就是一个"碍眼"的字,谁在"造句"时不小心涉及"玩",后果"不堪设想"。的确,很多时候,中国孩子在进入小学后,"玩"就不再是一门"显学",而是转入"地下",或竭力向"权威"争取玩耍的时间——"再玩一(小)会儿",几乎是中国的小学生每天向家长说的一句话。但小学的"征程"结束后,这句话也随之消失。因为玩的时间、心情可谓不再;或者是另一种极端——少数人将玩当成了自己的"主业"。

重新回到这道题,虽记不起关于答案之种种。但我想,可能是这样的:首先,肯定对春天的喜爱;其次,因为春天的景色美,所以喜爱春天;最后,春天是播种的季节,有春天的播种才有秋天的收获,所以喜爱春天。也许这个答案不够好,但应该能够代表"正常的"中国孩子的回答。但,既然是20多年后的重读,就不妨对春天的感受再说几句。

春色美,但中国,尤其是中国北方所处的地理方位,又决定了春光易逝。好不容易盼来的春景,却很难将其长久留在身边。而赶上冬天走得晚、夏天来得早,一年中留给春的时光只有区区几日。四季中,春可谓最"特殊":它夹在季节特色鲜明的冬夏之间。冬天寒冷,夏天炎热,春天呢?"温暖",是人们修饰春天常用的词汇。温暖究竟是一种怎样的感觉——不冷不热?还是不如寒冷与炎热来得"直"。但温暖,终归是一种享受,以至于人们对它有了一丝敬畏——春风、春雨、春色、春景,早一点来,晚一点走,让我们多获得一些关于春的体验!

不过,上述心理只是朴素的遐想,春的来与去,从来都不以人的意志为转移。这种情况下,诞生了一种著名的人文心理——

伤春。当然，与伤春齐名的，是悲秋。悲秋的心理人们相对熟悉，此篇又由《春风吹》而写。所以，至于悲秋，在此就不赘述了。

文学作品，是记录中国人伤春心理的载体。翻阅中国古典文学文献会发现，早在《诗经》中，这种心理便已有之。例如在《国风·豳风·七月》（"豳"读 bīn，著名的易错成语"七月流火"出自此篇）中：

春日载阳，有鸣仓庚。女执懿筐，遵彼微行，爰求柔桑。春日迟迟，采蘩祁祁。女子伤悲，殆及公子同归。

在中国古代，春天是女子出嫁的时节。对于她们来说，这是一个心理矛盾集中爆发的时期：离家是伤感的，出嫁后幸福与否是无法预料的，而如果在这个春天找不到心上人，就要等到下一个春天，但自己年轻的容颜，是否也像这明媚的春光一去不复返……春日的短暂，让神经敏感的人联想到时光的匆匆流逝，进而感叹生命的无常与短暂。"感叹"，是文人，尤其是中国古代文人的"通病"。但事实上，感叹多是一种"前奏"。在感叹时光流逝、岁月匆匆的同时，另一种美好的品质正在酝酿——惜时与奋勉，也就是唐代宋若莘、宋若昭在《女论语》中写的：一年之计，唯在于春。一日之计，唯在于寅。

"吹风又绿江南岸"，（《泊船瓜洲》，王安石）这是一幅美丽动人的画卷。如此美景，和谁一起欣赏最宜呢？自然是家人、好友。但遗憾的是，这样的机会明显不多。中国的古代文人多游子，春暖花开、万物复苏，也是游子（又一次）离家的时刻。"漂泊"

的属性决定了他们时常是孤独的。而中国的古代文人又多是政治家，政局的跌宕关涉人生命运。所以，学习古诗文，时常伴随着一个"好玩的"词——被贬。古人的被贬之地，都是今天的好地方，经济发达或风景秀丽，但当时，一定是不毛之地。寂寞、空虚、愤懑，即便是春光美景，也带有浓浓的"愁"。"我"在此，"你"在彼；"我"这里春光明媚，"你"那边又是如何，"我"多想和"你"共享这美妙的时刻，但……所以，写春的诗，多带有"伤怀"气质。譬如王维：

临觞忽不御，惆怅思远客。（《春中田园作》）

或者李白：

谁家玉笛暗飞声，散入春风满洛城。
此夜曲中闻折柳，何人不起故园情。（《春夜洛城闻笛》）

唐末浙江桐庐籍诗人崔涂也写道：

自是不归归便得，五湖烟景有谁争？（《春夕》）

面对由春景生成的惆怅，游子或兼政治家的文人，若想真正释怀，几乎唯一的出路，便是拾起所谓的儿女情长，为努力实现尚未实现的理想与抱负，坚定地走下去。

自然的生长是迅速的。春季，万物勃发。眼中的自然世界，犹如安装了一个加速马达，一天一个样：今天，树发出了新芽；明天，花结出了花骨朵；后天，风突然变暖；大后天，可能就会收起棉被冬装……春天是属于人的，但首先是属于大自然的。春天的"进行时"，是自然的"自然现象"。人是自然界中的一分子，习惯了同自然"竞争"。但这一"争"，又争出了"门道"。自然界中的自然物向"好"的方面变化，人们看在眼中，"羡慕"在心上，但人自己呢？是否也做好了准备，开始向"好"的方面进化了呢？显然，人在多数时候没有自然界中的自然物那样自觉、规律、有韧性，总言之，是一种对自己负责的精神。所以，当和煦的春风一次次吹到面颊的时候，脸上的皮肤是暖洋洋，还是火辣辣？

不称职的"小干部"

王冕一生不为高官厚禄所俘获,我却在关于他的故事上因"官儿"的身份栽了跟头。

一年级下册的《王冕学画》,用现在的话来说,是一篇很"励志"的文章:穷孩子王冕,利用一切可能的时间和机会学习、历练,在克服了种种限制性因素后,日复一日,终成为一代名家。

至于王冕到底为何人,是否真的很穷,"王冕画荷"的典故出自何处……当时的我们无须知道太多,只要知道王冕是个"好孩子",我们要向他多多学习就可以了。但在重读的时刻,不妨深挖一下。

王冕出生于1287年,卒于1359年。所以,他是元朝人。王冕字元章,号"煮食山农""食中翁""梅花屋主"等。课文的原文"古时候有个画家叫王冕",实际上,"画家"只是王冕的一重身份,因为他也是位出色的诗人,给后人留下了《竹斋集》一书。而《墨梅》(诗为自己的《墨梅图》所作。此画现藏于上海博物馆。《墨梅》为一首七言绝句:吾家洗砚池头树,朵朵花开淡墨痕。不要人夸好颜色,只留清气满乾坤)一诗因出色地将人的品格和梅

011

花的气质合二为一被后人传颂。关于王冕的其他，可以看看明朝开国文臣之首的宋濂所做的《王冕传》。

《王冕传》出自《宋学士全集》第二十七卷，开篇写道：

王冕者，诸暨人，七八岁时，父命牧牛陇上，窃入学舍听诸生诵书，听已，辄默记，暮归，忘其牛。

从这一长句中，我们知道了，王冕是浙江人，家境确实不富裕，否则不会辍学牧牛。但王冕真是个好学的孩子，主动当起了"旁听生"。并且看起来天赋还不错，否则不会"听已，辄默记"。但那时的他终归是个孩子，晚上，人回来了，牛呢……不过，王冕也是幸运的，因为他有位开明的母亲。母亲意识到儿子是读书的苗子，鼓励他朝着自己喜欢的路走下去——儿痴如此，曷不听其所为。所以，母亲是王冕通往"大家"道路上的第一位贵人。而王冕也是位孝子。父亲过世后，王冕接母入城，但因母亲思乡，母子二人离城返家。后来，王冕夜间于寺庙自学的"先进事迹"被理学家韩性所知，疑惑、感慨、感动之余收其作为自己的弟子。王冕在韩性的门下也很争气，博得了同学的尊重。

成年后的王冕头脑中充满了"一日庙堂，终身为奴"的思想。有人见他富知识、饱才华，推荐他去做官。他却回答，甚至是大骂："吾有田可耕，有书可读，肯朝夕抱案立高庭，备奴使哉？"一定弄得对方很没面子。王冕讲话、作诗用"吾"开头，又结合他所阐述的内容，可以看出他在某些方面是个很自我的人。王冕也曾考科举，但屡考不中。不过，他不为此伤心欲绝，而是放言："此童子羞为者，吾可溺是哉？"这样的气魄，可比"燕雀安知鸿鹄之志哉"。从此，王冕不再参加科考，而是迈出脚步，开启了自己的游历人生。面对田园湖泊、名山大川，抒发豪情壮志，体验放浪形骸的快感。而到了晚年，他更是过起了"种豆三亩，粟倍之。树梅花千，桃杏居其半。芋一区，薤、韭各百本。引水为池，种鱼千余头。结茅庐三间，自题为梅花屋"的隐居生活。

朱元璋曾有意邀请王冕成为自己的幕僚，但王冕已经离世，因此遗憾不已。假若王冕还活着，"故事"将会朝着怎样的方向发展？

在宋濂的《王冕传》中，关于王冕作画，提到过"善画梅，不减杨补之"。"补之"为宋代擅长画梅的江西籍画家杨无咎的字。除此之外，再无其他。但历史上，确实有"王冕画荷"的典故，它出现在成书于1749年左右、由吴敬梓创作的、被后人看作是中国古代讽刺小说高峰的《儒林外史》的第一回中。

吴敬梓讲王冕，自然是要借王冕之人与其身上的事，表达自己的思想观点与价值取向。他在全书的开篇写道：

人生南北多歧路，将相神仙，也要凡人做。百代兴亡朝复暮，江风吹倒前朝树。功名富贵无凭据，费尽心机，总把流光误。浊酒三杯沉醉去，水流花谢知何处。这一首词，也是个老生常谈。不过说人生富贵功名，是身外之物；但世人一见了功名，便舍着性命去求他，及至到手之后，味同嚼蜡。自古及今，那一个是看得破的！虽然如此说，元朝末年，也曾出了一个嵌崎磊落的人。这人姓王名冕，在诸暨县乡村里住……

　　吴敬梓对王冕的人格品性大大赞赏，甚至将他视作自己精神上的偶像。吴敬梓生活的年代距离元末已过去了几百年，《儒林外史》又是部小说，所以细节上同史实有出入在所难免。读《儒林外史》第一回，渐渐地，发现了一段熟悉、"亲切"的话：

　　那日，正是黄梅时候，天气烦躁。王冕放牛倦了，在绿草地上坐着。须臾，浓云密布，一阵大雨过了。那黑云边上镶着白云，渐渐散去，透出一派日光来，照耀得满湖通红。湖边上山，青一块、紫一块、绿一块。树枝上都像水洗过一番的，尤其绿得可爱。湖里有十来枝荷花，苞子上清水滴滴，荷叶上水珠滚来滚去。王冕看了一回，心里想道："古人说'人在画图中'，其实不错。可惜我这里没有一个画工，把这荷花画他几枝，也觉有趣。"又心里想到："天下哪有个学不会的事，我何不自画他几枝。"

　　为何感到熟悉且亲切？下面来看课文《王冕学画》的第二自然段：

　　一个夏天的傍晚，王冕在湖边放牛。忽然乌云密布，下了一阵大雨。大雨过后，阳光照得满湖通红。湖里的荷花开得更鲜艳了，粉红的花瓣上清水滴滴，碧绿的荷叶上水珠滚来滚去。王冕看得出了神，心里想，要是能把这美丽的荷花画下来，那多好哇！

　　不得不说，这是一段精彩的描写：将雨过天晴后的自然景象、植物的美貌，以及小孩子天真的所思所想巧妙结合。因此，这段在当时看来并不短的文字，教学大纲的要求是"背诵"。而这个要求，引发出一件难忘的事。

进入小学，也就步入了一个小小的"社会"。社会上有的，一个班级多半有之。首先，我们接触到"干部"的概念。初入小学，我们还不知道"班干部"这个词，只知道一个班中有班长、组长。我记得很清楚，当时我们班先有班长，再有组长。至于组长（们）是何时诞生、怎样诞生的，我是记不起来的。但班长我记得很清楚，一入校，老师就向我们宣布，一位女生是我们的班长。而在我们看来，她是我们的班长仿佛由来已久，她就是我们的班长，她就"应该"是我们的班长。无须搞清为何她会是我们的班长，她能否当好这个班长。既然是班长，什么事都听她的就好了；是班长，怎么会"领导"不好我们，她怎么会犯错误，怎么会受到老师的批评与惩罚？而那时的各班班长也都是"全才"：喊队、训人，洞察"属下"的异常，甚至担任合唱指挥……当之无愧的"文武双全"。

当然，一个班级只有一个班长，干部数量显然不够，因此需要一定数量的组长。当时我们的桌子是双人桌，前后三张桌为一组，一个组长管理连同自己在内的六个人。班长在当时只有一个，老师想任命，并不是一件太难的事。但组长就不一样了，最初，我们班的人数也在60人以上。而在某一年，人数直逼90。这就需要至少十（几）个组长。面对一帮陌生的学生，老师如何判定哪一个"优秀"、有能力胜任组长？现在想想，这不是件容易的事。但，小学老师，就是有这种能力。不但选得相对准确，还能让"落选"组长的人"心服口服""无话可说"。

组长有了，就要履行好自己的职责。早晨一到校，收前一天晚上的作业。收齐后如何处理？自然是交给班长。有时，班长将组长呈上来的作业在教室里交给相关老师；有时则将它们送到老师办公室。老师办公室可不是一个随便能去的地方，起码组长无权任意踏入。但那扇门，永远是向各班班长敞开的。他们是老师办公室的"常客"，因此也受到办公室里多数老师的喜爱。我无缘常进办公室，但知道学校里哪几个人是办公室的"座上宾"。我仔细观察了一阵，发现他们和一般学生确实有所不同。是气质更好？准确说，当时的他们的确表现出了一种绝大多数人没有的自信。

组长还有一个重要职责——放学后组织组员打扫教室卫生。周一到周四各小组轮流，周五下午，是大扫除时间。那时，组长就没有什么权力了，班长是这一"大事件"的"总指挥"。

我已记不起自己是否是班上的第一批组长。但可以肯定的是，在学这篇《王冕学画》前后，我是组长中的一员。挺了不起的，一年级就当了"干部"，这说明我在老师眼里是较为顺眼的。为何我如此肯定自己当时是组长？这就要从课文"一个夏天的傍晚"说起了。

这一段需要背诵，背诵是作业形式的一种；收作业是组长分内的事情，检查组员背课文同样"责无旁贷"。之前需要背诵的课文，都是组长检查完毕，汇报谁谁谁没有按时背熟，老师"熊"他们一顿，不了了之。但这一次，老师就在检查背诵的现场，那应该是"一个春末的傍晚"。这一段也许真的有难度，因为好多人无法流利背出，老师索性暂停了组长们的检查工作，让背不熟的人继续照着课本念,以此加深印象。接下来,她要亲自检查组长。下面发生的事可想而知——只有少数组长做到了以身作则,包括我在内的大多数组长则遭到查处。

面对这样的"群体性腐败",老师自然很生气,但生气的程度又不及我想象的深。当她确定我们在短时间内无法背熟后,干脆宣布放学,让我们回家背诵,第二天由班长检查。

这是一件十分丢人的事!但我担心的,不是第二天在班长那儿过不了关,而是自己还能不能保住这顶乌纱帽。不过,首先还得过班长这一关。第二天,我刻意很早到校,为的是把这桩不痛快的事早点解决。但,我已不算太早了,不少头一天的"沦落人",已接受完班长的检查。我毕恭毕敬地将课本递给班长,想不到她根本不看,便示意我开始。背得流利,速度自然快,以至于都没有意识到已经背完。当她缓过神后,不耐烦地把课本还给我,意思是让我快点从她身边离开。我当然能领会她的意思,因为我知道,班长的早晨,十分忙碌。

这次"事件"没有影响到我的"仕途",我继续做我的一组之长。收作业、安排值日、检查组员背课文……但也绝对吸取了教训。尽管之后老师没再亲自或授权班长对组长们进行各类检查。"事件"之后,老师表现出的宽容,可能考虑到犯错的人太多,一旦撤了职,再找不出其他合适人选了吧?但也许,她想到了六七岁孩子的自尊心。而我的组长做了多久,现在已不记得,反正是不短的时间。进入到中高年级后,更换了班主任,但组长人选仍由她确定,好像还是很"随机"。虽然老师对我并不反感,但奇怪的是,我很少再被任命为组长。不是由于我有"案底",而是时代变了,老师不认为我具有某些当干部的"前提条件"了。同时，因为那时还不知道"到手之后，味同嚼蜡"。所以，很多时候，我是挺想要一个组长名头的。

每当雨水来临前

　　《要下雨了》是一篇充满着童真童趣的科普小文。作者用拟人的手法，表现了下雨前几种小动物的异常举动。"燕子低飞要下雨"，这可能是最早的关于"雨"的经验。课文无疑丰富了这种经验。所以，这篇《要下雨了》既普及了知识，又对少年儿童的实际生活有指导意义。

　　《要下雨了》还有一个妙点。因为用了太多动词的缘故，为情绪增添了一个"加速度"。越到最后，越有一种大雨来临前的急促感，甚至营造出了"山雨欲来风满楼"的气氛。作者的妙笔控制了我的思绪，以至于产生了惴惴不安的恐怖感。并且，全篇课文也是悬念迭起，直到最后一刻才真相大白——忽然一声雷。哗，哗，哗，大雨真的下起来了。

　　为什么我对这篇课文有着很深的印象？那一册的课本共有三十几课，《要下雨了》在第二十几课，已明显接近学期的尾声了。暑假开始的时间一般是七月初，也就是说，学习这篇课文前后，正好是北方进入雨季的时候。

　　那时候的雨雪很规律，不像现在，一个夏天下不了几场痛痛快快的雨，一个冬天也见不到哪怕半片雪花。那时候，一进六月，自然界中的一切就好像为雨准备着。天空阴沉沉的，但并不让人觉得烦恼，只要雨水不来，院子里玩耍的孩子和拿着蒲扇坐在小木凳或小马扎上乘凉的老人便不会回家。即使雨来了，如果不被浇个"落汤鸡"，或被家长叫回，不少孩子还是喜欢和这夏天的雨亲昵亲昵呢。夏日里的风很热，如果雨水将至，还会包裹着潮。无论室内还是室外，不做剧烈运动，汗珠都会溢出。如果是在室外，恰好身边有花坛、草坪什么的，还会嗅到一股股泥土的湿香。说来也怪，那时没有空调，却能舒舒服服、快快乐乐度过每一个夏天。如今避暑的方式多了，热的"美学"也就悄然不见了。

雨季学习了这篇《要下雨了》。更为巧合的是，那一天，德州下了一场结结实实的雨。我家当时位于城南较为低洼的地带。那时城市的排水系统不算完善，大雨一来，城南一带就变成了水乡泽国，我们不大的院子更是一片汪洋。有时候，大雨于夜间而至，睡熟的人并不知晓外面发生了什么。第二天一早拉开窗帘，窗外的情形定会让人目瞪口呆。我还清楚记得，上午学课文时还是一派阳光，到了下午，乌云不知什么时候爬了出来，很快，电闪雷鸣，一滴滴硕大的雨点急速下落，如果不开灯，教室会变得如黑夜一般。好在，这场大雨来得快，走得也快。放学时，雨停了，天也放晴了，但路面上的积水不会乖乖地走。越到离家近的地方，水面越多，水也就愈深。进到院子，果真，早到家的小伙伴已经在"海"里玩嗨了。而每当大雨过后，院子变为"海"，大人们苦恼了，但很多孩子欣喜不已。

不过，我对院子里那夹杂着树枝、塑料袋、玻璃碎片，甚至动物尸体的"脏水"比较畏惧。所以，大雨过后，我多是安静地待在家中，或趴在窗台上看不"怕"水的同龄孩子开心玩耍。不"亲"雨，却永存一个关于雨的记忆。2012年到2015年，我生活在南宁，一座地地道道多雨且多大雨的城市。每当有下雨的预兆，我都会想到那篇关于"雨"的课文。有一次，我绕着位于南宁市中心的南湖跑步。忽然，天有些阴了，闷闷的热气来袭，我在"朋友圈"发了一条动态：27. 要下雨了。后来，找出旧课本，证实了那篇课文确实是第二十七课。

伟大的出处

《狼和小羊》，如果不再翻课本，是无论如何也记不起来的。即便翻到这一课，也拾不起对于其中细节和故事结尾的记忆。但当再一次通读，察觉到它不是一个普通的儿童故事，起码故事并非源自本土。否则，小羊不会称狼为"先生"，故事的结局不会是"说着就往小羊身上扑去"。如果中国人编类似于这样的故事，温顺动物的名字多半会排在前面；而凶残动物费尽心机也控制不了温顺动物。所以，这篇《狼和小羊》，有些反常。

于是，查了《狼和小羊》的出处——伟大的《伊索寓言》（Aesop's Fables）。

古希腊，有太多名字可以被冠以"伟大"，例如荷马（Homer）、苏格拉底（Sokrates）、德谟克利特（Demokritos）、柏拉图（Platon）、阿基米德（Archimedes），以及对后来西欧戏剧产生深远影响的悲、喜剧作家们。伊索在这些伟大的名字面前，不能说"抬不起头"，但"耀眼"程度，到底是很难同上面的名字并驾齐驱的。提到伊索，很难让人将其同先进的城邦制度、工艺精湛的古希腊建筑联系起来。因为伊索本人不是知识分子，也就难以成为古希腊光鲜一面的代言人。此外，对于他的作品，后世的知识分子，尤其是其他国家的知识分子，并不认为可以登上大雅之堂。于是，《伊索寓言》渐渐成了一本儿童读物。

但事情总是公平的。伊索及其作品无法登上大雅之堂，却为"飞入寻常百姓家"创造了条件。不见得每个家庭都有知识分子，常将修昔底德（Thucydides）或亚里士多德（Aristotle）的名字挂在嘴边；但多数家庭都有小孩，既然如此，《伊索寓言》就有可能被购置。即便这个家庭中的所有成员均不知伊索究竟为何人，即便他们买到的是一本被今人改了又改的"山寨版"《伊索寓言》。但伊索其名的家喻户晓，却是板上钉钉了。于是，伊索造就的伟大是别样的：平民的、世俗的、成长的。例如，妇孺皆知的一句话"吃不着葡萄说葡萄酸"（《狐狸和葡萄》）出自《伊索寓言》，陪伴无数儿童童年时光的《龟兔赛跑》（《乌龟和野兔》）亦出自《伊索寓言》。

"不知伊索究竟为何人"，并非是知识匮乏所致，而是流传至今关于伊索的资料实在匮乏。甚至有人大胆猜想，世间是否真的存在过一个叫伊索的人。不过，据史料记载，伊索确实是一位实际存在过的人物，大约生活在公元前6世纪初。在"史学之祖"希罗多德（Herodotus）的《历史》（*The Histories*）中，提到他是伊阿德蒙（Iadmon）的奴隶。后来，亚里士多德联合其弟子，对伊索的籍贯进行了考证——色雷斯（Thrace，古代色雷斯东临黑海，西到伊利西亚和马其顿，南起爱琴海，北到多瑙河。现代色雷斯单指古时的南部，即黑海与爱琴海之间的区域）的梅森布利亚镇。亚里士多德可谓对伊索情有独钟。这也许跟他乐于搜集谜语、谚语、民间故事有关。此外，位于德尔斐的阿波罗神庙的三句箴言，

"认识你自己""要自知""勿过度"，也就是著名的"德尔斐神谕"（Delphic Oracle），也是亚里士多德的研究对象之一。而这一过程，想必也会使他接触到伊索的寓言。不过，在亚里士多德之前，就有古希腊的哲人提及伊索的寓言。比如苏格拉底想将其改写成诗体的形式；柏拉图在《对话录》中对伊索也有提及。而"喜剧之父"阿里斯托芬（Aristophanes），更是将伊索和伊索的寓言写进了自己的剧本。例如在《黄蜂》中他写道：

有人告诉我们一则古老的传说，或不如说是伊索讲述的一个笑话。

在《鸟》中，剧作家写道：

只怨你头脑简单，闭目塞听，未下功夫去钻研伊索寓言。

从这两句话中，首先，我们可以推导出伊索的寓言门类丰富，甚至取材于遥远的"古代"，或许还带有几分讽喻；其次，这些故事包含着知识、智慧与哲理。

目前可以确定的是，伊索聪慧过人，否则不会从众多的奴隶中脱颖而出，成为奴隶主的"秘书"。需要补充一点，"奴隶"一词在希腊语中有两种解释，一种是 doulos，意为生来就是奴隶；另一种是 andrapodon，指后来"沦为"奴隶。现没有资料显示伊索生来为奴。并且，是不是沦落为奴隶的人待遇稍好，并更有机会获得相对的自由，目前也没有找到相关证据。不过，伊索的确是凭借自己的智慧与才华，从社会的最底层一路"升迁"。并且，伊索死后的一百多年，伊索的寓言已成为雅典上层社会的谈资。还是在阿里斯托芬的《黄蜂》中，有这样一句对白：

你可知道，和有教养的人在一起喝酒情况就不同了，他们谈笑风生，会讲一些从酒宴上听来的锡巴里斯（Sybarite; 位于意大利南部，以富庶与奢华著称，但在公元前 510 年毁于战火。如今，sybarite 可用来指代"爱奢侈享乐的人"。笔者注）或伊索式的有趣故事，闻者无不开怀大笑，乐不可支……

对方也很认可这段话，回答道：

噢，有那么多有趣的故事，我可得一饱耳福了……

可见，知道、了解伊索，能颂讲伊索的寓言，是一个雅典公民身份、教养、地位的体现。因此也可猜测，结集出版的《伊索寓言》是尊贵家庭的生活必需品之一。

伊索的名气越来越大，《伊索寓言》中的篇目也越来越"多"。太多并非出自伊索之手的故事被强行放入集子里。这既体现出后人对伊索的尊敬与爱戴，又印证了一条社会学上的"铁律"——人们总将一些可能的事件往相关的可能的人身上靠。就像很多畅销书作者发现自己的"代表作"总有几部是陌生的一样。但，对于《伊索寓言》的"混入"，后人要多持包容、理解的态度。尤其是在《伊索寓言》留传之初，编撰者可能确实没有能力辨认哪些是真实的伊索的作品，哪些是后来人增添的。另外，伊索活动的区域以欧洲南部为中心，但东部和南部分别为现今的亚洲和非洲所在的区域。所以，集子里出现具有异域风情的故事，也就不足为奇了。因为这类故事根本不是出自伊索本人，原型可能来自其他国家和民族的故事或故事集。而如今人们读到的《伊索寓言》，到底哪些是伊索的原作，哪些是后人添加的，这也许是文学史乃至文化史上一桩永远无法解开的谜案。

无论出自谁之手，如今收录进《伊索寓言》中的故事，有一类故事的特质让今人感到比较意外——缺少一种"正能量"，因此调子往往是灰暗的，结局往往是悲惨的，甚至是违背今人常理的。就拿《狼和小羊》（课文同《伊索寓言》中的原文有少量出入，但不妨碍整体理解，故不再呈现两者的差异）来说，按今人，尤其是今天中国人的理解，羊作为正义的化身，怎么会被代表着邪恶的狼吃掉？羊将狼玩弄于股掌之间，才是一种"正解"。这是人们的一种朴素的美好愿望，体现着对弱势群体的同情与关爱。但在自然界，通常情况下，羊遇上狼，结果自然是被吃掉。所以，这篇《狼和小羊》，是对自然界的"白描"，也是对所属时代不加修饰的表现。但，我们也不要因此就那个时代的严酷妄加批判，因为每个时代都有自己的特点，后人要做的只是清楚看到以往时代的局限，从而努力构建一个对多数人有益的社会。但古希腊人就是奉行"人生在世独善其身，他人有难落井下石"的信条。这一点从《洗澡的小孩》这一则中可见一二：

某日，在河里洗澡的小孩眼看快淹死了，看见有人路过，便高喊救命。过路人一味责备小孩拿生命当儿戏。小孩急得嚷道："你伸手拉我一把，救我起来，再数落我吧！"

这种在今天绝大多数人看来不可思议的举动，也许就真实发生在古希腊时代的某一天。这就是事实。我们无法说它的对与错，套用一句俗语，造成这一状况的原因，是由当时生产力水平决定的。但，让读者稍感"欣慰"的是，《伊索寓言》中也并非完全没有羊"耍了"狼的故事，一则名为《小山羊和狼》的故事是这样说的：

小山羊没能赶上羊群，狼追来了。小山羊转过身来对他说："狼，我知道我注定会成为你的食物，但总得让我死得风光一些。你吹笛，我来跳舞吧。"

狼便吹起笛来，小山羊跟着婆娑起舞。有几只猎狗闻声赶来，追捕那只狼。狼转过头来对小山羊说："我活该倒霉，自己本是杀猪宰羊的，却偏要去吹什么笛。"

最后说一说《伊索寓言》与中国。在此只讲最初的"相遇"。因为《伊索寓言》在中国的译介可谓一"大课题"，反映了两种不同文明间的碰撞与交融，以及东学西渐同西学东渐间的"博弈"。据考证，伊索的寓言首次进入中国人的视线，是在明朝的万历年间，由当时的西方传教士带入中国。所以，《伊索寓言》是中国人接触到的比较早的西方文学作品。不过，很难说那时的《伊索寓言》是"文学作品"，因为它与宗教有着密不可分的关

系。并且也不是完整的集子，而是杂糅在传教士们的讲义中，成了他们劝世人入教的理论工具。比如著名的传教士利玛窦（Matteo Ricci）撰写的《畸人十篇》一书，就提及了伊索及伊索的寓言。《畸人十篇》是本怎样的书？美国学者夏伯嘉（Ronnie Po-Chia HSIA）在《利玛窦：紫禁城里的耶稣会士》一书中说：在1607这个考核年，利玛窦汇集了他在中国的那些年中经历的十个对话，写下来修改后，成了他的一本新书《畸人十篇》。"畸人"一词出自《庄子·内篇·大宗师》，为"杰出的人"或"异乎寻常的人"。

不过，很快，《伊索寓言》就在华结集出版，取名为《况义》，"况义"即"寓言"。这件事发生于明天启五年，也就是公元1625年。可见，由零散分布到结集成书，并没有过去太长时间。《况义》的诞生是一项中西合作的文化工程：法国传教士尼古拉·特里戈（Nicolas Trigault，中文名金尼阁）口述，中国天主教教士张赓笔录，印刻于泾阳县的鲁桥镇。《况义》的原本已不复存在，英、法等国的图书馆藏有《况义》手抄本。

伟大的延续

《狐狸和乌鸦》同样是一则寓言故事的改写，亦出自《伊索寓言》，原名《大鸦和狐狸》。但在这里，不妨提一提另外一个作家——被誉为"俄国寓言大师"的伊万·安德烈耶维奇·克雷洛夫（Ivan Andreyevich Krylov，1769 — 1844）。

出自《伊索寓言》，为何要讲克雷洛夫？因为在克雷洛夫的寓言故事中，《乌鸦与狐狸》可谓一名篇。但，这算不算一种抄袭、剽窃行为？在回答这个问题之前，不妨先谈谈艺术的传承问题。

就以《伊索寓言》为例。伊索生活的时代，人类的语言机制相对简单，表述问题的思路与方式同今人有很大差异。如果让其自行留传，今人读到的可能只是些只言片语、文不达意的"天书"，阅读的意义自然丧失殆尽。并且，《伊索寓言》的首次问世，距今已有几千年了。若不是后人做出多种努力，很难想象能够流传至今。而"后人的努力"，既包括物质上的，比如对作品实体的保存；也包括精神上的，例如对作品推广、注解、校勘、改编、改写等。两者缺一不可，前者是作品能够流传的基础，后者保证了作品可以以更佳的姿态同一代又一代人相见。由此，对前人作品的改编与改写，虽不应看成是抄袭和剽窃，反而要肯定这是对人类文化的一大贡献。艺术作品不是学术论文。并且，如果改编或改写后的作品带上了作者自己的风格与特色，我们不妨认为这就是他／她的代表作。所以，克雷洛夫的《乌鸦与狐狸》，我认为可以归入上述的思考范畴。但同时也要再一次肯定《伊索寓言》的价值。它仿佛是一个巨大的文学宝典，为后世文人不断提供创作源泉。

我们先来看看《伊索寓言》中的《大鸦和狐狸》：

大鸦偷了一块肉，飞落在大树上。狐狸看见了，想得到那块肉，便一屁股坐在树下，对大鸦说："论容貌你在鸟类中堪称首屈一指。你体态优美，举止庄重，羽色光鲜，天生就具备当众鸟之王的禀赋。如果你再能发出声音，称王一事就十拿九稳了。"

大鸦为了显示自己能发出声音，便松开嘴边的肉，大声叫唤起来。狐狸忙不迭地跑上去，抢到了那块肉，说道："喂，大鸦，你要是再聪明一点，当鸟中之王的条件就完备无缺了。"

再看克雷洛夫的《乌鸦与狐狸》：

几次三番提醒人们注意，
说阿谀奉承有害、卑鄙；
只是这些话全成了耳旁风，
马屁精照样能钻空子。

乌鸦不知从哪儿弄到一小块奶酪，

扑棱棱飞上一棵云杉树，

已经准备好用早餐，

只是有所犹豫，才暂且把奶酪衔住。

不幸，附近正走过一只狐狸，

奶酪香使它收住了脚步；

狐狸看见奶酪，奶酪让狐狸馋涎欲滴。

这骗子，踮着脚，一步一步朝前移，

它紧盯着乌鸦，摇着尾巴，

微微喘息着，嘴里流淌出甜蜜的语言：

"亲爱的，你真美丽！

多么颀长的脖子！多么秀美的眼睛！

真的，简直就像童话中的美女！

多么绚丽的羽毛！多么玲珑的小嘴！

说实话，嗓音也像天仙一样动听！

亲爱的，唱起来吧，别难为情！

凭你这般妩媚，歌唱得又如此动听，

无疑你就是我们鸟中的皇后！"

乌鸦被吹捧得云里雾里，

快活得喘不过气，

为了报答狐狸的一番甜言蜜语，

它放开鸦嗓，呱呱地叫起来，

于是奶酪应声落地——

狐狸叼起奶酪，顷刻间消失得杳无踪迹。

　　一个故事，两个版本，两者有何不同？收录在《伊索寓言》中的《大鸦和狐狸》，已较为准确地交代出故事的来龙去脉，用词也符合今人的习惯和标准。但相较于克雷洛夫的版本，首先，在整体上仍显得较为生硬，啰唆且缺乏文采，更缺少一种画面感。同时，《大鸦和狐狸》的故事更像发生在荒郊野岭，带有原始的野性。而《乌鸦与狐狸》呢？"人性"的色彩更加明显——"已经准备好用早餐"，仿佛读者已看到乌鸦摆好了餐具，围上了餐巾。但，这并不是在"批评"伊索。因为克雷洛夫生活的时代，人类语言发展和文学写作所处的时期，是伊索时代无法相比的。其次，作为一篇讽刺奉承者的寓言，克雷洛夫对狐狸的刻画显然更加入木三分。"摇着尾巴""亲爱的""说实话""无疑""我们鸟中"，诸如这样的词句，将狐狸者狡黠、刁滑的一面展现得淋漓尽致，并且预设了狐狸"坏人"的属性："不幸""这骗子"。同时，克雷洛夫没有忽视描写可怜的乌鸦："不知从哪儿""扑棱棱""犹豫"等词句衬托出乌鸦的实诚。克雷洛夫就是这样一位出色的语言大师。俄国文学史家米尔斯基（D.S.Mirsky）这样评价克雷洛夫在语言运用上的成就："克雷洛夫最有力地'把握了语言'。他的词汇富有活力，每一行句子都充满有活力的词汇。这是一些地道的、活生生的词汇，源自街道和酒店的词汇，是具有真正民间精神的语言，而非学校老师们的俄语。"并且，克雷洛夫的寓言也是俄语谚语的大量"诞生地"。读克雷洛夫的《乌鸦和狐狸》，发现作者没有保留原作中的最后一句。可能是"不忍"再往乌鸦心灵的伤口上撒把盐了吧？人类文明进入到19世纪，落井下石也不再是一种无意识了吧？

两个版本还有一很大不同：文体。很明显，《大鸦和狐狸》类似于记叙文，而《乌鸦与狐狸》更像一首诗。选择何种文体表达观点与思想是作家的自由，但有一点需要说明，诗，确实是俄国民众喜闻乐见的一种文学体裁。《克雷洛夫寓言》的英译本作者曾写道：

The poems of which a literal prose translation is now offered to the English reader enjoy a popularity in their native land which they can scarcely expect to obtain in a foreign country.

而克雷洛夫本身也是一位古典主义者。读他的寓言诗，犹如读法国人布瓦洛（Nicolas Boilrau Despré aux）的名作《诗的艺术》（*L'Art Poétique，1674*）。并且，在克雷洛夫的寓言诗中，读者能感受到一种戏剧因子。除上文提到的"画面感"外，在诗的开篇，更是出现了在戏剧剧本中才会经常见到的"引子"。克雷洛夫也曾改写《狼和小羊》，并且也出现了引子：

弱者在强者面前总是罪该万死。这种例子在过去听过多次，这里我们不是想写历史，只听听寓言如何来讲此类故事。

这样的情况也并非偶然，因为克雷洛夫在少年时（16 岁）就接触到戏剧，所以他的文学道路也始于戏剧，写过《用咖啡渣占卜的女人》（*The Coffee-grounds Fortune Teller，1783*）这样的喜剧歌剧。只不过，剧本写作没有为他带来声誉。1805 年左右，克雷洛夫接触到法国著名寓言作家拉·封丹（Jean de la Fontaine）的作品，这为他走向寓言的写作起到了非常关键的作用。而在寓言的写作中，克雷洛夫显然没有忘记自己文学创作的起点。俄国革命民主主义者、哲学家、文学评论家别林斯基（Vissarion Grigoryevich Belinsky）曾评价过克雷洛夫的寓言，说他的寓言"是喜剧"。（Krylov's language is not a fable,but novels,is a comedy,humor features,is a satirical literature.In short,how that can be,is not a simple fable）克雷洛夫的第一部寓言集（23篇）于1809年出版。1811年，成立于1724年的俄国科学院迎来了一位作家院士，并在1823年荣获金质奖章。而在他生前，作品就成为"畅销书"，并被译成十几种文字。其更是对普希金（Alexander Pushkin）、屠格涅夫（Ivan Sergeevich Turgenev）的创作产生了深远影响。普希金曾这样赞扬克雷洛夫："任何一个法国人都不敢把谁置于拉封丹之上，但我们好像能认为克雷洛夫比他好。"这样的评价是否过分？一则轶事或许可以给出答案。据说，克雷洛夫改写过拉·封丹的作品，并且传到了法国。译成法文后，民众争相阅读，反响甚至超过了原作。

克雷洛夫出生在一个军人家庭。文坛上有这样一种说法，普希金的代表作《上尉的女儿》（The Captain's Daughter, 1836）中的"上尉"，带有克雷洛夫父亲的影子。但由于父亲去世的早，所以家庭并不富裕，十几岁起，克雷洛夫边自学边在四处做"小工"。此后，他的足迹遍布国家的多个角落。因此，克雷洛夫十分熟悉当时俄国中下层民众的生活和心理，并搜集各类散落在民间的创作素材。久而久之，产生了对民众的情和乡土的爱，为他日后在创作中融入对当局的不满和对祖国的热爱奠定了基础。例如《狼和羊》，表现出克雷洛夫对当局的讽刺和民众的同情：

绵羊受狼蹂躏无法生存，

最后兽类当局只得出面拯救羊群，

采取措施，成立护羊督查会，

真的，多数督查官却由狼担任。

其实狼并非全都名声不好，

品行优良的也还不少，

这些典范人们牢记——

有的在羊群附近徘徊，

倒也不把绵羊骚扰——

当然，这些狼已经吃饱。

凭这点狼也该进督查会！

保护羊群固然重要，

压制狼何必没完没了？

督查会开在密林深处，

经过反复计议、推断、思考，

终于拟定出法律一条。

我现在逐词逐句如实照抄：

"倘发现狼欲侵犯羊群，

并且危及羊的生存，

不论该狼身居何职，

每只羊都有权逮捕它们，

当即押送附近的树丛，

交由法庭予以审讯。"

真是无可增删的完美条文！

可是我留心观察直到如今：

虽然一再说对狼不能宽恕，

但不论羊是原告还是被告，

总是它被狼拖进森林。

很讽刺，但是很可信。并且，寓言中羊的境遇至今人们也不会感到特别陌生。所以，克氏寓言至今仍富有指导价值。而在表现爱国情怀的作品中，克雷洛夫直指拿破仑（Napoléon Bonaparte）侵入俄国的"俄法 1812 年战争"。例如《乌鸦和母鸡》：

斯摩棱斯基公爵

以神机妙算对付敌人的疯狂，

为新式野蛮人布下天罗地网，

放弃莫斯科加速敌人灭亡。

莫斯科市民不分男女老幼，

一刻不敢怠慢，连忙收拾行装，

瞧他们慌慌张张跑出城来，

俨然像一群蜜蜂拥出蜂房。

楼顶上的乌鸦，

望着这慌乱景象，

清理着鼻子十分安详。

一只母鸡从车上向它叫嚷：

"亲家，你到底走不走呀？

听说仇敌已近在身旁。"

乌鸦慢条斯理回答母鸡：

"这跟我有什么关系！

你们这些草鸡想逃就逃吧，

我有胆量留在这个地方。

反正人家不会拿乌鸦做菜烧汤。

我跟客人一定和睦相处，

说不定有机会还能沾一点光，

弄点奶酪，骨头渣儿或别的什么尝一尝。

再见吧，小草鸡，

祝你们一路平安远往他乡。"

这乌鸦果真留了下来，

不过，沾光的念头成了空想。

当斯摩棱斯基公爵

以饥饿严惩敌寇的时候，

乌鸦倒真被敌寇抓住做了菜汤。

……

诗中的斯摩棱斯基公爵即被称为"独眼将军"的俄国著名军事家米哈伊尔·库图佐夫（Mikhail Kutuzov）；"放弃莫斯科"指库图佐夫制定的"焦土战术"，取得了对法军的胜利，从而获封公爵称号。

为民众疾呼、国家呐喊，成了克雷洛夫寓言的一大特色，也是 19 世纪不少俄国作家一致的选择。从时间上看，克雷洛夫是"领路人"；从实际的影响力看，克雷洛夫也受到了晚辈的敬重。屠格涅夫是这样赞誉前辈的："一个外国人如果认真研究了克雷洛夫的寓言，那么他就能清楚地了解俄罗斯的民族性格，胜过读大量讲这个问题的著作。"尽管童年生活是艰辛的，起初的创作道路是不顺的，但经过日后的不断努力，克雷洛夫仍在俄国乃至世界文坛占据了一席之地。1844 年，克雷洛夫逝世，享年 75 岁。他的墓地被选在彼得堡亚历山大—涅夫斯基大寺院。克雷洛夫的离世震惊全俄。据称，主动为他送葬的人不计其数，隆重程度在当时仅次于普希金的葬礼。米尔斯基在《俄国文学史》(*A History of Russian Literature:From Its Beginning to 1900, 1926、1927*) 中说："在俄国文学的发展中，寓言发挥了重要作用：这是一所重要的学校，后来成为俄国文学主要特征的现实主义在这里接受了最初训练。"而克雷洛夫，无疑是俄国寓言作家中的佼佼者。所以，回顾其一生，可谓人生赢家。但有些遗憾的是，在一路上下来的课堂上，我始终没有听到过克雷洛夫。

古诗"们"

古诗作为中华文明的绚丽瑰宝，每个中国人都应了解它、亲近它。所以，它不会在小学的语文课堂上缺席。

我想，大部分人是在进入小学前就知道古诗，且能背诵几首古诗的。"背唐诗"，可谓不少中国人成长中的"保留节目"。我知道的第一首古诗大概是"白日依山尽，黄河入海流。欲穷千里目，更上一层楼"。"学"这首诗的时候，手头并没有"文献"，所以是被口头教会的，因此并不知道诗的名字叫《登鹳雀楼》，更不知道王之涣是谁。但能记住这首诗，也多半由于一种巧合——里面的"穷"字。姥姥家，是我幼时最为熟悉的生活环境，而她名字中，就有一个字发 qiong 的音。

20 世纪 90 年代初期，我得到了第一本关于古诗的书，一本插图版的古诗选，是几位亲戚"联名"赠予的。书不厚，但很精美，精装本，而且是全彩页，价格自然也很高。至此，我终于迎来了对着"文献"学古诗的"时代"。不过，当大人们将这本书拿到我面前的时候，虽然对"欲穷千里目，更上一层楼"已烂熟于心，但没有立马反应出古诗是什么。

一个孩子面对一本新书做出的第一反应，在一定程度上决定了他／她对这本书的态度，甚至未来"学科"上的选择。第一次见到古诗的书，我是木讷的，所以日后的我，没有成为哪怕十分之一个"诗词达人"。

如果是一个对古诗有几分"感觉"的孩子，接到诗集，不说是如饥似渴地读，也会循序渐进地一天一首，或几天一首。日复一日，年复一年，一本读完了、背完了，接着下一本，第三本、第四本……这是"达人"们的养成路径。而我呢？如今回想起来，从那本精美的诗集中学到的诗最多五首。书中的第一首是曹植的《七步诗》，第二首是骆宾王的《咏鹅》，第三首好像是贾岛的《寻隐者不遇》。这三首，是能够熟背的。其余两首，只是记住了一些细节片段。例如一首诗中的"牧童骑黄牛，歌声震林樾"。其中"樾"字，当时全家没有一个人知道如何去念。而这首诗的名字和其他诗句，也随着时间的流逝被遗忘。再查这首诗，忽然意识到诗的名字"确实"叫《所见》；其余的诗句"确实"为"欲意捕鸣蝉，忽然闭口立"。但，这不是唐诗、宋诗，而是由清代大文人袁枚所作，对我而言却是不折不扣的新知。再一首，说来就比较有趣了，因为诗中提到了一种"美味"，才使我没有完全忘记——范仲淹的"但爱鲈鱼美"。但诗的名字《江上渔者》却没有记住；而"君看一叶舟，出没风波里"也很难"顺"下来。

所以说，在上学之前，我从"文献"中学到的古诗，不比从口头学到的多。除口头学到了"欲穷千里目，更上一层楼"外，还知道了"谁知盘中餐，粒粒皆辛苦"（《悯农二首》，李绅）、"夜来风雨声，花落知多少"（《春晓》，孟浩然）、"日照香炉生紫烟，遥看瀑布挂前川"（《望庐山瀑布》，李白）等。但，口头所学往往只限于知道了其中的名句，还无法背诵全诗。同时，也不知诗的作者是谁，诗中词句的含义又是什么。如此，彻彻底底地学古诗，还是上学之后的事。

上学后，每个学年都会接触到古诗，从低年级的"床前明月光"（《静夜思》，李白）学到高年级的"便下襄阳向洛阳"（《闻官军收河南河北》，杜甫），至少"精学"了二十几首古诗。这期间，知道了"欲穷千里目，更上一层楼"叫《登鹳雀楼》，作者是王之涣。李白和孟浩然，可能是我最初知道的几位古诗名家。但在上学后学诗的过程中，又知道了和李白齐名的杜甫，以及王维、白居易、苏轼等。小学阶段的古诗，绝大多数"躲"进了脑海深处，即便再不能背诵全诗，或忘记了诗的作者，但稍加提醒，想必还是能够回忆起诗中的名句。例如白居易《暮江吟》中的"可怜九月初三夜，露似珍珠月似弓"，杜牧《山行》中的"停车坐爱枫林晚，霜叶红于二月花"，以及叶绍翁《游园不值》中的"春色满园关不住，一枝红杏出墙来"等。同时，学诗的趣事乐闻，更是一份难得的童年珍藏。例如三年级学李白的五言绝句《夜宿山寺》。诗的名字，我已十分陌生，甚至全诗的头三句"危楼高百尺，手可摘星辰。不敢高声语"，也同样没有了太多印象。但结尾的一句"恐惊天上人"，我是绝对不会忘掉的。因为清楚地记得，讲到这一句时，老师突然停顿了，并变得"严肃"起来。她神秘兮兮盯着我们说："小点儿声啊，天上可有'人'！"这句话一说，想必胆小的同学的脸儿瞬间煞白了吧！而由学诗引出的插曲或"段子"，也不止一个。学过了《赠汪伦》，那句著名的"桃花潭水深千尺，不及汪伦送我情"变得尤为"可怜"，因为它被"脑洞大开"的同学恣意翻版；而在学过了陆游的《示儿》之后，知道了"乃翁"在现代汉语中的意思是"你的父亲"。很快，"乃翁"一词成了班上的"流行语"……

总的来说，那时学习古诗，多数时候处在一种较为轻松、快乐的氛围中。毕竟，整体上，学习的压力也不是很大。上学期间学的古诗，自然要能背诵、会默写，考试也有默写诗句的题。在默写题上扣分，多数是因为个别字没有记牢，例如将"不及汪伦送我情"中的"送"写成"赠"，被扣一两分。小学时的一两分，还是单纯的"分"。但进入初高中后，谁还会允许一两分轻易溜走？一两分，还是简简单单的"分"吗？所以，当"分"既是"分"又不是"分"的时候，学习的美与乐，学习的真正价值，也在无形中一点点削减。初中时，有一首《次北固山下》，唐代洛阳人王湾的五律：

客路青山外，行舟绿水前。
潮平两岸阔，风正一帆悬。
海日生残夜，江春入旧年。
乡书何处达，归雁洛阳边。

初读此诗，我就没有搞明题目的含义，以至于当我日后有机会登上镇江的北固山后，都没有意识到曾经还学过一首关于北固山的唐诗。不过，搞不清题目，没有关系，反正只考诗中的词句。

如今，是一个"古诗词热"的时代。电视上的一档档诗词类节目或是唤起人们对于过往学诗的回忆，或是调动起大家再次学诗的热情。看诗词类的电视竞赛节目，会不自觉地参与其中，细析每一道题目，能答出的，或有答题思路的，百分之九十是上学期间学到的诗词，并且不少是小学阶段的成绩。这就意味着，对于多数人而言，离开了应试教育的课堂，也就同古诗词"诀别"了。我们要十分肯定此类电视节目的当下意义。但人们也是清醒的，知道靠"大众文化热"带学习，不是扭转乾坤的根本性因素，更不是一个长久之计。但我们也不能否认，没人借着这股热度彻底改变自己。不苛求在没有应试压力的前提下还能读、背多少古诗，才是一种理性的认知。随着年纪越来越大，越能从古诗词中寻到一种不可言说的温暖。所以，如果今天实在没有动力或时间打开一本古诗集，就好好珍重那一首首在课堂上学到的古诗吧！

成语"们"

与古诗一样,成语也是很多孩子成长的伙伴。但总感觉,在"地位"上,成语不如古诗。古诗是句子,成语是词汇。在锻炼语言表达能力方面,古诗的功效无疑更大。并且,很多大人将"背诗"当成孩子的一种特殊技能,如果能当众背上几首,那是十分自豪的。成语自然不易呈现这种自豪。有一盘记录我三到六岁"说话"的磁带,里面有"欲穷千里目"的诗句,但没有任何关于成语的内容。

第一次比较系统地接触成语,应该是小学之后的事。最初,还不是在课堂上,而是两盘(上辑和下辑)成语故事磁带。至于磁带的来历,实在是没了印象。最可能是购于1994年"西行"回家的路上。故事的讲述者,是一位在中国妇孺皆知的少儿节目主持人,讲得自然没得说:嗓音优美、感情饱满、富有节奏。那套磁带的制作也颇为讲究:并非上来直接开讲,而是每一辑的开始,先对成语的概念进行介绍。这段简要的文字,也包含着一个成语——出自清代李汝珍《镜花缘》的"久而久之"。原话大概是这么说的:"久而久之就成了成语。"此外,很多故事配有音乐:配什么样的音乐,以及何时起、落,都有门道,类似于电影中的声画结合和声音蒙太奇。可以说，对磁带中的很多故事至今不忘，其"艺术效果"起了很大作用。

有段日子，几乎天天听成语故事的磁带，一般是中午吃饭的时间。饭快好时，将磁带放入收音机，按下"播放"按钮，边吃边听。收音机不在餐厅，因此要将音量调得很大。至于听哪一盘、哪一盘的哪一面、具体哪一个或哪几个故事，不十分在意——只要吃饭时耳朵不闲着就 OK 了。

反复听这些故事，渐渐获得了一些历史知识，也可能是获知的最早一批关于历史的"知识点"。例如秦国很强大、邯郸是赵国的首都等。但要说印象比较深的，还颇有趣味——一些"恐怖的"成语故事。

所谓"恐怖的"成语故事，一方面，故事内容有几分"神道"，或单纯从词面角度看较为抽象，甚至带有恐怖的字眼；另一方面，就要从"艺术"的维度阐释了：讲述者在演播这类故事时，声音时而讳莫如深，时而充满无解的疑惑。此刻，音乐"恰到好处"响起，制造出惊悚片似的气氛。印象中，这几个故事具有这样的特质——《世外桃源》《夜郎自大》(《史记·西南夷列传》)、《四面楚歌》(《史记·项羽本纪》)……以至于上了中学后，学习《桃花源记》一课，读到"乃不知有汉，无论魏晋"时，仍然会起一身的鸡皮疙瘩。

这种"害怕"的感觉，是绝对存在的。但有"害怕"的，也有"有趣"的。例如《朝三暮四》(《庄子·齐物论》)、《狐假虎威》(《战国策·楚策一》)等，讲述者将各类动物的形象刻画得淋漓尽致，描绘出浓浓的童趣。并且总的来说，故事的声音响起，我也进入到一个尚佳的生活状态，偶尔的"毛骨悚然"，不会对"大局"产生影响。就如虽看过《神秘的石像》后五脏剧颤，但不会放弃对《海尔兄弟》的喜爱；之后重播"石像"，也不会不看。

印象中，小学一年级及二年级上学期，课本中没有提到或直接提到成语，这跟一年级上学期就学了古诗有很大不同。可见，古诗的"地位"确实非比寻常。第四册的课本，是三本遗失课本之一，所以起初不清楚二年级下学期第一次学了有关成语的课文——出自《吕氏春秋·慎大览》的《刻舟求剑》。有"怀旧者"在网上张出 20 世纪 90 年代小学语文课本的目录，才让我意识到确有这样一篇课文，并且还是带插图的一课。

至于课文是如何描述这个成语的，并没有太多记忆。但关于成语的一个"课后记忆"，却一直印在脑中。既然证实了二年级下学期学了《刻舟求剑》，这件事就应该发生在学完这篇课文之后。事件的"主人公"当然是我。和我"对手"的，是语文老师兼班主任——那时小学的班主任都是语文老师，也许现在也是这样。按照常理，这位老师要教我们到三年级结束。但 1996 年秋天开学，走进教室，发现一个高个子、面容严肃的中年女性在整理桌凳——我们的新班主任。所以，结合时间、事件，这件事最有可能发生在二年级的下学期。事件的"主题"又是成语，所以可以确定就是在学过《刻舟求剑》之后的事。

当时，一二年级的参考书只有一本所谓的"习题集"，并且还不是从书店买的，而是同教材一样，由学校统一配发。那应该是一个下午，课外活动时间，我们在教室安静做着对应《刻舟求剑》一课的练习。常规题之外，还有一道类似于"拓展练习"的题目——

写出六个（也许是八个）从课外获得的成语。因为这是道"附加题"，所以可做可不做。但想做也容易，因为当时不少人买了《成语词典》，随便摘几个写上去，不费事，还可以博得老师的喜欢。练习的量不大，32开本的小册子一面多一点。做完的同学拿上前去，让老师批改。我的速度中规中矩，于是随着人流走到讲台前。关于这道"附加题"，我是怎么对待的？首先，当然是不假思索设法完成；其次，没翻词典等资料，随意写了几个从磁带中听到的成语。其中有一个，在磁带中属于有"趣味"的——此地无银三百两。写下这个有七个字的"长成语"，以为是一种"创新"，但事情也坏在了"创新"上。

轮到我了。前面的批改顺顺当当。翻页，很快就是"附加题"。老师看到我在不长的填空横线写了"一句话"，像发现了"敏感"词句一样把头往下低了又低，为的是进一步确定我的"罪证"。然后她头也不抬地说："四字四字，'此地无银三百两'是四个字吗？"说着，用粗粗的红钢笔在下面画了道曲线，意思是"你错了"！幸亏，这不是必做题，所以她还不至于生气。

我当时也不知道生气，只是带着些疑问拿着习题集回到座位。磁带中不是四个字的成语不止一个。除"此地无银三百两"外，还有"不入虎穴，焉得虎子"（《三国志·吕蒙传》）"解铃还须系铃人"（明代瞿汝稷《指月录》）等。但为什么在老师那儿，这就不是成语了呢？后来，我想明白了这个问题，也忆起少部分课上的细节:《刻舟求剑》这一课，确实是关于成语的教学。也就是说，学完这一课，我们就要有意识地留意成语，知道一些成语的含义，并学着使用成语了。老师在课堂上十分谨慎，生怕我们接受不了这个新事物。所以，她反复强调成语的"特征"："四字成语、四字成语"。原来，在她的知识构成中，成语只能是四个字……

我有些冤，但也不能就此断定，小学老师是无知的。任何人都有知识上的盲点。我虽然知道成语绝不只是四个字，但20多年来，我认为成语"最少"是四个字，这也是不正确的。直到今年，我才知道这一正解。在这之前，假若我是个老师，看到学生列举的成语中有"莫须有"，我也不能给他算对。如果这个学生有较深的成语功底，他也会笑话我。因为"莫须有"等三个字的词语，确实被很多学者列入成语的范畴。所以，就将"是否是成语跟字数无关"，当成一个有关成语的知识点吧！

接着的一个学期，也就是三年级上学期，有一课叫《寓言二则》，实际就是两个成语典故——《揠苗助长》(《孟子·公孙丑上》)和《守株待兔》(《韩非子·五蠹》)。这也是印象没那么深的一课。不过，课文的插图我记得清楚，尤其是《揠苗助长》的插图——农民看到苗被"揠"后惊愕的样子。

像《刻舟求剑》《寓言二则》这样成语主题的课文，之后又学了《田忌赛马》(《史记·孙子吴起列传》)《将相和》《完璧归赵》和《负荆请罪》(《史记·廉颇蔺相如列传》) 等。但当时在课堂上，还有一个学取成语的途径——课文中作者使用的成语。这是讲课的重点，也是作文的榜样。最后，这类词语还会出现在课后的生词表中，有的还在下方加了点——这往往是讲读课文课后练习的倒数第二题——读读写写，并用带点的词语造句。但，这样的学习方式，只是"词语"的学习而不是"成语"的学习。因为没人告诉我们其中的典故和出处，也不会有太多人在课后查阅。

　　同时，课外成语的学习也在不知不觉间断了档。曾经每日必听的磁带终有听腻的一天，"宝贝"了好一阵的两盘磁带如今的命运也是下落不明。而在这之后，没买过什么关于成语的书。当然，也没买过关于古诗的书。成语、诗词的学习，重在日常积累，也都需要一个长时间的过程。所以，单凭课堂上的学习，以及一时的课外热度，很难产生实质的效果。所以，尽管我比较早接触了古诗、成语，但在日后（高中）的考试中，读解课外诗词一题我很难拿分。同时，关于成语的那道选择题——下列各句中，加点的成语使用正确／不正确的一项是……对于这道题，我也几乎没什么把握。不会有人深究什么，只要拿不到分，就是"学习不好"。所以，有时想想，童年的热情、"奋斗"没能转化为一个个实际的成绩，真是件悲凉的事。但又一想，如果没有这样的热情与"奋斗"，童年，还剩下什么？

　　所以，如果相对丰富的童年和"不悲凉"的现世二者无可兼得，我会毫不犹豫的选择前者。

初识鲁迅与重读鲁迅

四年级，六年小学过半。四年级的小学生，平均年龄在十岁上下，成了"大孩子"，所以，能够吃进一些文学与文化上的"大课题"了。于是，四年级初始，初识鲁迅。

《三味书屋》一课并不是鲁迅的文章。但从这篇起，鲁迅之名，开始伴随无数中国孩子的学习生涯。"鲁迅，1881 — 1936，原名周树人，字豫才，浙江绍兴人。伟大的文学家、思想家、革命家"。这大抵是小学乃至初高中阶段最为重要的一条文学常识。但后来才知道，周树人也不是鲁迅最初的名字，周樟寿才是；而最初他也不是字豫才，而是豫山。"文学常识"在中小学的语文教育中多居于"次要之次要"的位置，不过，关于鲁迅的却是例外。"1881 — 1936"，是我少有能默出来的中外作家的生卒年份；而可能也是通过鲁迅，第一次听说了绍兴这座富有江南情韵的水城。

课文《三味书屋》在整体上并不复杂，它位于当时课本中的第二课。可能是考虑到暑假刚刚结束的缘故，设置了一篇不太"烧脑"的文章。课文长度中规中矩，只有三个自然段：第一段引出主题，第二段是对三味书屋的环境描写和鲁迅学习内容的简要介绍，第三段是课文的核心，想必也是重点讲述的内容：围绕一件同书屋有关的"难忘的事"提升主题——一定要知"早",并且是"时时早、事事早"。

课文第二段中的文字,在鲁迅的名篇、最初发表于《莽原》(1926年10月10日)、后编入《朝花夕拾》(1928年)的《从百草园到三味书屋》可以找到对应的内容。例如:

中间挂着一块扁道:三味书屋;扁下边是一幅画,画着一只很肥大的梅花鹿伏在古树下。

……

我是画画儿,用一种叫作"荆川纸"的,蒙在小说的绣像上一个个描下来,像习字时候的影写一样。读的书多起来,画的画也多起来;书没有读成,画的成绩却不少了,最成片段的是《荡寇志》和《西游记》的绣像,都有一大本。

我记得,在初中时是学过《从百草园到三味书屋》的,但具体是哪个学年,已无法忆起。同时,因初中的语文课本已经流失,所以不知学的是否是节选,或是改动后的。但隐约记得,题目中的"百草园""三味书屋"是加了引号的。至于带有梅花鹿的画、"描绣像",是真的没有了记忆。有时想想,小学之后的语文课,特别是从初一下学期开始,就跟一节都没有上过似的。

旧时中国同文化相关的机构,往往有着较为动听的名字:或是接近自然体现天人合一,或是渗透着历史与文化的沉积彰显厚重之道。三味书屋也不例外。但从表面看,这不是个"宏大的"名字,但绝对是值得"玩味"的名字。"三味"究竟为何意?课文作者没有给出解释，甚至鲁迅都没有在《从百草园到三味书屋》中给出答案。于是，上课时老师自然不会讲。

对于"三味"意涵的探讨，主要有以下几种说法。第一种是出自宋代李淑的《邯郸书目》：诗书味为太羹，史为折俎，子为醢醢。其中"折俎""醢醢"都是食物；"子"指诸子百家。持这种观点的人不少，原因有二：一是将读书同味道相连，放置在一个书屋的名头上，还算说得过去；二是三味书屋中有一副对联，其中一联中出现了"太羹有味"的字样。第二种源自办学者、具有封建世俗反叛精神的寿镜吾的先祖对子孙后代的期望："布衣暖、菜根香、诗书滋味长。"这则家规一般的期望共三层含义，何不理解为"三味"？以上两种说法出自寿镜吾的后代，因此有着一定的可信度。此外，还有"梵语三昧说""《三国志·董遇传》'三余'说"等，大家可以"自行补脑"。

就这样，鲁迅从三味书屋中"走出来"。甭管日后对于语文学习的印象有多浅，还是记得学到了《阿长与＜山海经＞》《藤野先生》，以及阿累的一篇纪念鲁迅的文章《一面》。同时，也知道了穿长衫的孔乙己、闰土、阿Q……而关于鲁迅的文学常识，也在慢慢地一点点增加：代表作有小说集《呐喊》（1923年）、《彷徨》（1926年）；散文集《朝花夕拾》；杂文集《二心集》（1932年）、《而已集》（1928年）、《南腔北调集》（1934年）……因为这些都是潜在的考点，所以我们还曾在早读时齐声诵读。回想起这种场面：十七八岁的姑娘小伙拉着长音反复着本就应该熟知的东西，真是好傻！而对待这样的考点，只要牢记就可以了，无须将各类"集"汇在一起，更不需要翻看。因为高中毕业后，如果不学"相关专业"，关于鲁迅的一切，会在头脑中自行消失。

再一次听到鲁迅的名字，是在本科阶段的课堂上。专科阶段没有《大学语文》这门课。所以，如果当年没有考取"专接本"，鲁迅还不知要等多久才能重回自己的世界。课的内容我是记不得的，但课上的一句话我却听清了：中小学的教材中剔除鲁迅的作品。那句话好像还是用口号的方式表达的。没想到，再一次听到鲁迅，却是这样的"噩耗"。当时，也没有太放在心上，毕竟，这样的"教育动态"，感觉跟自己已没有太多关联了。

不过，这样的认识无疑是不正确的。即便上学期间不曾用心去学鲁迅的课文，即便有关鲁迅的一切无法进入到知识构成中，但鲁迅及其作品，终归会化作一种人生的回忆存在于脑海中吧？这份记忆属于"你"，"你"有支配它的自由，但有时，"你"也会被它支配。很多记忆，"你"无须去刻意回想它，它会在"恰当的"时刻自行跳出来。

又过了好几年，某日晚间，晚饭过后，还没有离桌，不知怎的，说起了鲁迅。可能是喝了一点酒的缘故，越说越兴奋，越说越没个完。说到《阿长与＜山海经＞》时，眼里已浸了泪，后来还将话题转到了电影《桃姐》。那晚饭桌上的侃侃而谈，自己都觉得有些不可思议：怎么还会说起鲁迅，怎么还会对一些已经十几年没有读过的鲁迅的文章有着如此深的记忆，甚至还能背出《阿长与＜山海经＞》中的最后一句话：

仁厚黑暗的地母呵，愿在你怀里永安她的灵魂！

要知道，这句话，在学课文的时候，一定没有刻意去背。课文学过了，也就不再翻看了，为什么却能背出这句话，我无法细致解答。但是否可以这样说：因为它是这个国家和民族文化史、文明史、心灵史的重要组成部分，早已深入这个国家国民的集体无意识中？

当晚，打开电脑，重读《阿长与＜山海经＞》。重读的过程，自然拾起了许多回忆，但同时，更觅得了一些"新知"。例如：

大概是太过于念念不忘了，连阿长也来问《山海经》是怎么一回事。

当年读到这句话，是意识不到这是阿长要为鲁迅买《山海经》的"前奏"。重读这句话，忍不住笑了，心也怦怦地跳——替鲁迅感到高兴。

"哥儿，有画儿的'三哼经'，我给你买来了！"

鲁迅如何形容自己听到这句话后的感受？"霹雳"和"震悚"。重读《阿长与＜山海经＞》，读到这句话，我也是"霹雳""震悚"。而学课文读到这句话时，我应该没什么特别的感觉，只记得"三哼经"——侧面印证阿长是个"没文化"的人。

当然，这句话还有其他的"亮点"。其一，为孩子买到其梦寐以求的"宝物"，作为保姆的阿长没有急于表功，仅是淡淡的"高兴地说道"；其二，《山海经》，一部志怪古籍。而"三哼经"

呢？一部积聚着爱的"经书"！所以，前者是阿长质朴精神的彰显，后者放大、升华了她对孩子的爱。所以，鲁迅是这样写的：

> 别人不肯做，或不能做的事，她却能够做成功。她确有伟大的神力。

那晚重读鲁迅的作品，没有让我想到被剔除教材一事。就像年纪越大，越能从古诗词中找到抚慰感一样，十几年后再读《阿长与＜山海经＞》《藤野先生》《故乡》……那股醇厚的味儿，终于嗅到了。对于重读后的感受，我曾和一位好友做过交流，他答复我的意思大概是这样：离开了课本，还读过鲁迅的作品吗？是的，就像离开了应试教育的课堂，没再读过几首古诗词一样。鲁迅的作品，不也是"被迫"读的吗？所以，应试教育真是个难以琢磨的东西，不知是要"咒骂"还是要感谢。但从古诗词和鲁迅作品的例子看，我们要更多感激它。在自主学习意识尚不算强的现阶段，应试教育的压力反倒成了大多数人接近经典的捷径。这并不是一条漂亮的路，但也终归是一条路。不过，寻找国家和民族的文化遗产，还是要努力铺就一条漂亮且"正常的"路。这样的路，走得才坚实，才能长久心怀感动。

"阅读课文"带来的阅读回忆

当时小学课本中的课文有两类：一类是"讲读课文"，一类是"阅读课文"。"讲读课文"，顾名思义，就是需要"讲授"的课文。这类课文占大多数。通常，学习这类课文，一个课时是不够的。因为附带的课后练习、生字、生词等需一一解决。小学阶段的语文学习，生字生词格外重要。所以，和"阅读课文"最大的不同，便是"讲读课文"后带有生字表和生词表。虽然"阅读课文"也有课后练习，但数量很少，更没有"有感情地朗读课文""背诵课文"这样的"高要求"。此外，"阅读课文"是每个单元的最后一课，所以常常是简单一提，好尽快进入和"讲读课文"有着同等分量的"基础训练"的讲习。因此，以自我学习为主、教师协助为辅的"阅读课文"，在很大程度上成了"不学的"课文。

学课文，在课本上勾画，这是笔记的雏形。所以，每学完一册，课本就成了"花脸"：文中的好词好句、能体现段落大意或中心思想的主题句，都要画上线：横线或曲线。有的同学为了更加突出这样的词句，使用红颜色的笔。而到了小学的尾声阶段，也就是 20 世纪 90 年代末，市面上出现了荧光笔。因此，课本变得更加"多彩"。不过，使用红笔、荧光笔做标注的不是大多数。红笔，尤其荧光笔，是细致的、好学的，且家境尚可的女生书包或文具盒中的配置。生字表下方的空白部分，是为生字组的词。低年级的时候，每个词都是"完整的"，即生字也会一笔一画写出来。但随着时间推移，我们成了"老司机"：生字懒得写，用两个点代替，只写与生字搭配的字。课本其余的空白部分，密密麻麻写满了课后题答案、生词表中加点词的造句等。由于空白有限，不少时候字写得很小。如今，不反复辨认根本看不清——着实佩服那时的耐性与眼神。大概三年级以前，我们只用铅笔／自动笔。但，直到小学毕业，但凡于课本上的书写，我都不会用钢笔／中性笔。而那时，中性笔还常叫水性笔。

"讲读课文"所在的页面是热闹的，"阅读课文"自然是冷清的。一次，无意翻到一篇"阅读课文"，居然所在页面的空白处也是满满当当。仔细看去，才发现所写内容与此课无关——临近一篇"讲读课文"的知识点过多，只能"侵占"这里的空白地盘。

"阅读课文"在课堂遭到了冷落。但我不知出于何种心理，会"私下"阅读每一篇"阅读课文"。因此，对于课文"们"的印象，没有因为它是"讲读课文"就深，"阅读课文"就浅。甚至，对个别"阅读课文"有着更深的记忆。比方说四年级上学期的《爸爸和书》。之所以对这篇课文有着较深印象，是因为它是个有关"买书"和阅读的故事。不知怎的，长久以来，认为故事发生在贫富差距大，但文化相对繁荣，尤其是书局林立的旧上海。实际上，重读课文便会发现，从头到尾也没有提及故事的发生地。

尽管至今我也不算个嗜书如命的人，但对于早年阅读、逛书店的记忆，也没有完全失掉。那时候好像还没有"阅读"一词，

"看书"，就是"阅读"。我有印象的看过的第一批书，是类似于看图识字的很薄的小册子，书的名字已记不得了，但记得书中的一两句话：小鸟在飞，小鱼在游……接下来，是一份杂志，具体说，是一份画报，名字很有意思，特别"反传统"——《大灰狼》。并且，它还有个极具时代特色的定位——3 岁以上独生子女画报。更让我有些惊讶的是，这是份时至今日仍在发行的杂志，其创办者是中国童话界大名鼎鼎的人物。《大灰狼》的出版地是南昌。如果我早知这一"背景资料"，2012 年初的南昌行，我是有可能去杂志社周边走一圈儿的。《大灰狼》是个可爱的名字，但也是个有点"阴森"的名字。所以，20 世纪 90 年代初期，德州新湖南侧，有一小片竹林。由于竹子密密麻麻，看不到深处，好不神秘，因此我将那片区域称作"大灰狼"。文人喜好为自己的书斋取名。我想，儿童也会不自觉为自己认为"传奇"的地方命名。这也许是艺术家和儿童的一种通性吧！新湖在德州的市中心，因此是经常前往、路过的。每每走到那儿，总会在心里默念"'大灰狼'到了"。我很喜欢这片叫"大灰狼"的天地，一是但凡经过这里，必定是休息日；二是这里有水、有竹、有假山……如此景致，无论大人还是小孩，想必都十分喜欢。

稍大一点，所看书的故事性加强。一套名为《小兔非非》的漫画，永不会忘记。虽已记不得买这套书的前前后后，但很长一段时间，《小兔非非》对我有着十足的魔力。每晚睡觉前，必翻几页。尽管已是些老生常谈的故事，但看了它，觉，也就睡得安了。这股魔力，大概持续到了十岁以后。

我共有四本《小兔非非》，可能这就是一套的数量，如今一本也没有留下。但，我仍记着里面的很多故事。有一个故事是这样的：非非开了家照相馆。某天，一个小家伙来照相。但"笑点"太高，无论非非怎么逗他，小家伙始终面无表情。非非急了，坐在一旁大哭。不料此时，小家伙按下了快门……非非洗出这张自己哭泣的照片，好像想起了什么。他找回小家伙，一手拿着照片，一手悄悄握住快门线按钮。他将照片展示给小家伙，小家伙瞬间喜笑颜开，就在这一刹那，非非按下快门，为小家伙拍了张完美无憾的照片。那时，逛书店，几乎是每周的"固定动作"。常去的那家书店如今依旧存在。但很多年前，就从一楼迁到了三楼，并且，音像部和文具部也不复存在了，整个书店更是冷清了许多。但在2000年代之前，书店是节假日城市中最热闹的地方之一，也是一个容易碰到熟人的场所。那时候，商店门口往往有存（自行）车处，谁要能在书店门口承包，绝对是桩大买卖。由于当时全城（可

周末"逛书店"。摄于20世纪90年代中期

能）只有一家书店，所以经常人山人海。图书和音像制品是书店的专卖，忙碌程度无须描述；文具在很多地方可以买到。即便如此，文具部的生意也很好。因为很多人，特别是小孩有这样的认知：书店卖的文具，一定更加"高级"。

寒暑假结束前，或新学期伊始，去书店带有目的性——买"参考书"。其余的，就是彻头彻尾闲逛了。所以，不是每次去书店都买书。但每次去，都带着轻松、愉快的心情。离开时，即便空手而归，也不觉遗憾。那个时候，即便是买跟"上学"有关的教辅资料，也没有那么反感。因为那时，上学本身就没有太大压力。

在书店买了多少书，已没有办法统计，不是特别多，但也不会太少。毕竟，童年的书绝大多数购自那里。目前，我存有少量十几年前于书店购买的书，其余的，不知去向。不得不说为一遗憾。

除买教辅资料，选择什么样的书翻看，或买回家，没有太明确的目的。所以，去书店的次数尽管非常多，但选书、看书、购书的具体景象，也就是为什么选它、买它，实在是没什么清晰的记忆了。就像日本人永江郎（Nagae Akira）在《以书为友》中写道：不用刻意找书，书会主动找到我们的。

《爸爸和书》中的"我"，生活在一个不富裕的家庭，所以书对他和姐姐来说是不折不扣的奢侈品。虽然我没有遇到"我"面临的穷窘，但也受过书"贵"之困———一套售价在百元以上的"百科全书"。

那应该是20世纪90年代末，一同学将"百科全书"（其中的一册）带到了学校。那可能是我第一次见到如此厚、大的小孩的书。因为我和那位同学不熟悉，所以只能远观。我想，如果拿在手里，一定很沉。其实，我并不知道那是本（套）什么样的书，但能够意识到，绝对是值得"剁手"的书。待到再去书店的时候，有意识寻找那本(套)书——它就在童书区最醒目的位置,并且"一直"在。这是部套装书，共四本，售价近人民币 150 元。

那个年代，这是个"不可接受"的价格。当时，一本精装故事书的售价是 10.80 元，买下来我会心疼好久，何况一百多块钱!所以，我没在这套书上多费心思：不是担心家人不给买，而是压根就不会说出买的想法。

不说、不提，不等于就此忘记。某日，老师在课上读了一则征文启事，一等奖奖品，就是那套"百科全书"。老师对于这种活动的态度很明确——不指望获奖，而是通过参赛提高作文水平。班上作文好的同学固然参赛了;而我,一个作文水平平庸甚至"落后分子"，也提交了作品。这是小学期间经历的唯一一次征文活动。他们是清醒的——寥寥几个名额，全市获奖，天方夜谭，所以参赛就是为了"锻炼"。但谁也不会知道，我参赛是为了一"拼"——看看会不会有奇迹发生，让我得到那套"买不起"，却越加渴求的"百科全书"。

这还真不是件有头无尾的事。获奖名单公布，我们班只有一人获了三等奖,还不是公认的作文好的同学。其余全是"优秀奖"。说到发奖大会，老师告诉我们，获"优秀奖"的可以不去。因为参赛者至少可以获得优秀奖，所以人数太多，组织方不会安排上台领奖。大会那天是周末，但我还是起了个大早。一等奖只有一个名额，被一女生摘取，她不是我们学校的，年级也比我们高。奖品，就是那套我渴慕的"百科全书"。几天之后，"优秀奖"的奖品也发了下来。一本跟小孩无关的册子——其中一家赛事赞助商的宣传材料，扉页上扣着枚椭圆形章——赛事名及优秀奖的字样。

终于，我还是成了那套书的"藏家"，但已是几年之后的事了。在一家可以打折的私人书店（那时德州开始有了能够打折的"小书店"）买下了这套书。那是一个春节过后，用的压岁钱，没有被大人领着。那时，我上了初中，不再是儿童，所以对买"少年儿童百科全书"，需要进行一下自我安慰：不是儿童，还是少年吧！但，这套书，我看得非常不"值"：看书的时间越来越少；而且，只看那本蓝色的，最多再翻翻红色的。绿色和橙色的，几乎没有动过。但那本蓝色的"人类·社会"卷，直到近几年才将它收起。

这套"天价"的"百科全书"，可谓我童年买书的终结。这应该是一套伴随80后成长的书。尽管再版至今，但红绿蓝橙封皮的版本，我认为是比较经典、典型的。很遗憾，在任何"版本"对80后童年的多角度回顾中，不见这套书的影子。20世纪80年代末出生的人，童年尽管也玩过无数次的"小霸王"，或不少人兜里揣过"电子宠物"，但还不是真正意义上的"电玩时代"。所以，这代人同书之间仍有着较为质朴的关系——书，就是伙伴。那时，适合小孩看的书远不如现在多，寒暑假也没有关于阅读的"硬任务"——所谓的"书单"，很少写读后感，更没有见到在封面上印着"必读""推荐""素质"等字样，或带有腰封的书……曾经的小学生，爱看书自然"好"，不爱看，也不太会受到责怪。但现在好像不一样了，"爱阅读"成了人，特别是青少年的一种优良品质。写下这篇文章，一方面怀念那个将看书、逛书店视作"正常"行为的年代;另一方面,也表达对如今这个时代热爱阅读的人,尤其是热爱阅读的孩子们的敬意。

但,"课外书"这个概念,感觉还是少提为佳。"上课""考试"等词过于"敏感","课外",无疑会带上"无用"的标签。这样,"课外书"不就等同于与"学业"无关的书了?读"课外书"的孩子们,会不会就此带上些压力,还能否将"阅读"转化成"悦读"?所以,书就是书,阅读就是人生历程中的一个重要环节,与其他的一切均无关!

所以,多多还书于阅读本该有的面貌吧!

因"过年"讲老舍，因老舍忆过年

老舍（1899 — 1966）的散文，在我经历的小学阶段，时常被选进课本，三年级上学期的《劳动最有滋味》就是其中一篇。

《劳动最有滋味》脱胎于 1958 年元旦发表在《人民日报》上的《贺年》。在那样一个年月，这篇文章充满了对新社会的赞美、旧社会的鞭笞，以及对劳动（者）至上的敬意。写在辞旧迎新之际的《贺年》，表面写"年"，实则"歌颂"，因此有着鲜明的政治性，也就难免带上了"口号式""公式化"的词句。所以，成为课文的《贺年》，保留的是作者对童年过年的回忆，是对家庭劳动场面的描写，以及一点浅浅的感受。此外，可能是由于《贺年》显得抽象、严肃，因此借用了文中的第一句话"劳动是最有滋味的事"做题目。"劳动"，孩子们都熟悉：周一到周四放学后的小组值日是劳动；周五下午的"大扫除"也是劳动。此外，还有一门叫作"劳动"的课。而"滋味"，就更形象了，会同食物、"好吃的"联系起来。

老舍几乎是我知道的第一个因政治运动而离世的作家，所以，也能够记住他的生卒年份。"顺便"知道并记住了他是满族，原名舒庆春、字舍予。中学时，课本中仍有老舍的作品，关于他的背景资料，或曰文学常识也就多了起来，例如知道了他曾在济南停留过；还知道了一些代表作，比方说《老张的哲学》（1926 年）、《赵子曰》（1927 年）、《骆驼祥子》（1936 年）等；更知道了他是在 1966 年自沉于北京的太平湖——"含冤去世"。还有一点需要补充。由于那时中国的中小学，特别是小学和初中阶段不太涉及戏剧，所以最初并不知道老舍还是位剧作家，自然也就不知道《龙须沟》（1950 年）、《茶馆》（1957 年）这类话剧作品了。

在后来关涉老舍的阅读中，知道了他童年的贫穷程度：受人资助（资助他的是刘寿绵，出家后法名"宗月"。老舍曾于 1940 年撰文怀念此人——《宗月大师》）才勉强入学。但不到 20 岁，老舍便成了京城一所小学（京师公立第十七高等国民小学，现为方家胡同小学。此校建于清末的 1906 年，老舍为第三任校长）的校长。之后，他于缸瓦市教会受洗，成为基督教徒。这重身份，对老舍的影响是巨大的，甚至可以说是质的影响：教会活动使他结识了当时活跃在北京各大高校的英美籍教授、学者。在这类友人推荐下，老舍远赴伦敦大学东方学院，也就是现在的伦敦大学亚非学院（SOAS）任教。那一年，他只有 27 岁。

成为教徒且赴英后，老舍对英文学习热情骤增；三年的伦敦生活经历，一方面是语言水平的提升，另一方面为他在 20 世纪 40 年代美国的研学与创作扫清了某些先天障碍。他可以翻译外国作品，可以直接用英文写作。对自己的中文作品，例如《四世同堂》（1944 — 1948），也亲自参与了翻译工作。并且，这部作品的翻译就是在美国完成的——缩译本，名为《黄色风暴》（*The Yellow Storm*）。因此，20 世纪 60 年代末，老舍有机会成为中国的"诺奖"首人，得益于他的作品，尤其是小说在英美早已有着较高的知名度和影响力。

老舍的父亲是一位清朝军人，八国联军攻打北京时殉国，并且只留下了衣冠冢。从此，就像文中所写：

……母亲在一入冬就必须积极劳动，给人家浆洗大堆的衣服，或代人赶做新大衫等，以便挣到一些钱……

母亲的辛劳给老舍留下了深刻的，几乎是刻骨铭心的记忆。他曾写道：

妈妈整天地给人家洗衣裳……有时月牙儿已经上来了，她还哼咮哼咮地洗。那些臭袜子，硬牛皮似的……妈妈洗完这些"牛皮"就吃不下饭去……妈妈的手起了层鳞……她瘦，被臭袜子熏的常不吃饭。

尽管这是"月牙儿"母亲（1935年创作的中篇小说《月牙儿》）的遭际，但，应该有作者母亲的影子。他曾在《我的母亲》一文中写道：

在我的记忆中，她的手终年是鲜红微肿的。白天，她洗衣服，洗一两大绿瓦盆。她做事永远丝毫也不敷衍，就是屠户们送来的黑如铁的布袜，她也给洗得雪白。

亲睹母亲的不幸，想必是老舍奋斗的动力之一。20世纪30

年代，英伦归来，已是著名作家的老舍为母亲在西直门附近买下一处住所。而这个坐标，与太平湖只是一墙之隔。几十年后，老舍选择这里作为自己的"归宿"。老舍确有一位伟大的母亲，在"皇上跑了，丈夫死了，'鬼子'来了"的年月，一个劳动妇女撑起了一个贫弱的家。而在老舍的记忆里，母亲虽不识字，但绝为一个具有人格魅力的女性，对自己的影响更是不能抹去的。他写道：

从私塾到小学，到中学，我经历过起码有二十位教师吧，其中有给我很大影响的，也有毫无影响的，但是我的真正的教师，把性格传给我的，是我的母亲。

老舍出自贫苦人家，也是中国近现代文人群里为数不多的出身贫寒的作家。所以，他笔下的人物，要么是底层的劳动人民，要么是贫穷者、破产者。老舍关注小人物的命运，同情他们的人生遭遇。因为"他们"，实际就是自己。20世纪40年代的美国的经历，收获是显而易见的：完成了《四世同堂》第三部《饥荒》的创作；广交友人，例如德国戏剧大师布莱希特（Bertolt Brecht）、美国左翼人士史沫特莱（Agnes Smedley）和斯诺（Edgar Snow）等。但，他也深感美国社会的弊端，尤其是文化事业上的"黑暗"：作品被美国人肆意改写、盗版。1949年深秋，在多方邀请下，老舍启程，从美国返回刚刚成立不久的新中国。而这之后的作品，通过表现小人物人生命运的转变，展示新旧社会的巨大反差，以表达对中国共产党、新生的人民共和国及社会主义的爱。1951年年底，老舍因创作《龙须沟》被授予"人民艺术家"的称号。授予单位是北京市人民政府。"老舍——人民艺术家"，也是上学期间一重要的文学常识。但并不知为何而获以及何时获得。

不过，对新时代的憧憬、强烈的创作愿望、小心谨慎的学习态度，以及中国知识分子的忧患意识……终无法同政治运动的浩大声势相抗衡。新中国成立 17 年后，老舍的命运跌宕起伏——既获得过称赞（《龙须沟》），更受到过（不公正的）批判（《茶馆》）。终于，1966 年 8 月 24 日，在遭受前一天的屈辱后，清晨，他和 3 岁的孙女告别。"跟爷爷说再见"，也许是他生前说过的最后一句话。之后，他拖着遍体鳞伤的身体走向太平湖，投湖自尽。

老舍的悲剧，是一个时代的悲剧。重温这段历史，相信每个人的眼泪都会夺眶而出。故去的人不会复活，但接近他们的遗存，体味其中的真与美，是对离者的告慰，也让他们的精神长存。既然重读了这篇有关童年过年回忆的《劳动最有滋味》，就想想自己过的年吧！

事实上，小孩子并没有过年的主观意识。即便成了大孩子，与其说盼过年，不如说"盼寒假"。但"得到"寒假，有一个"关"需要"闯"——期末考试。小学阶段的考试，用今天成人的眼光看，同走过场没什么两样：考好了，高兴；考不好，又有什么损失？但无论是过去还是现在，当局者都不会这么考虑。考前，学生、家长、老师，不可能不紧张；考后，大部分学生忙着"对答案"，和家长一起焦急等成绩，老师们则马不停蹄地批卷。因为期末考试在小学阶段是名副其实的"大考"，所以就要显出权威性——不仅考生的姓名被封住——弥封，批卷人的安排也颇为讲究——一年级的老师批二年级的卷子，二年级批三年级……以此类推,六年级批一年级。我们也是在六年级时才得知这个"秘密",并在课堂上忍不住笑——已不把一年级的"小豆子"们放在眼里了。

所以，小学阶段期末考试的分量是不言而喻的。但，尽管都是期末考试，寒假前的和暑假前的还不一样。表面看，因为要跨入新的年级，暑假前的期末考试类似于"毕业考"，所以更显重要。其实不然，即便要进入新的年级，但考得再差，也不妨碍"升级"。不过，寒假前的期末考试要是"砸了"，年，可能就过不好了。因此，因为有"年"的存在，寒假前的期末考试，是非常非常重要的。

过年，少不了走亲访友，亲朋好友不询问学习成绩的占少数，最"家常"的问法，就是期末考试考了多少分（名）。学习好的、考得高的，这是他们的"高光时刻"，因此恨不得多被几个（家）人问起；学习差的、考砸了的，若是被问起，地上有个裂缝兴许都能钻进去。小孩如此,大人也一样。春节前后，大人们走动频繁，话题之一便是孩子期末考试考了多少分（名）——当然有脸上有光的，但……唉，"少家欢乐多家愁"！

可见，寒假前期末考试的重要性，是被人为抬高的。再深究，甚至可归到"民俗"上。但，也没听说学习差的、考砸了的就真的"失去"了寒假，更不可能因学习成绩"放弃"过年。所以，该玩玩、该吃吃、该乐乐，只要不被问起，就一切和谐。

上了一两年学后，我意识到，年一过，离开学也就两周的时间了。所以，根据这"惊人发现"，我将寒假分成两部分：春节前和春节后。春节前的部分是开心的，因为感觉离开学的日子遥遥无期。其实，第一部分也是两周左右的时间，只不过看不到开学的日子，所以觉得又长又慢。

寒假的最初几天，期末成绩是热门话题。有的受到表扬，家长四处显摆；有的挨批挨打，家长"销声匿迹"……但这种状况也不会持续太长时间——寒假终于来了，孩子和大人都放松了。

既然来了，"玩"就是了！那时鞭炮摊出得很早，并且铺得很大，大街小巷随处可见卖炮卖（烟）花的，于是就玩炮，这是寒假的"专供"玩具。小一点的孩子玩摔炮。摔炮是一种类似于蝌蚪状的白色玩具炮，为防止"自爆"，包装袋里填满了木屑，取出一枚，往硬地上一摔，发出"啪"的声响。胆大的孩子直接用手捏，同样发出声音，但声音就相对较闷了。我是一次都没有捏过。还有一种炮，我们称之为"小鞭儿"，就是一挂"迷你"鞭炮，只有一百头，用透明的红纸包裹着，且每头很小。因此"小鞭儿"的燃放时间短，声音尖脆。多数孩子不舍得整挂放，因此对"小鞭儿"进行"拆卸"，一头一头地放。实际上，如此燃放乐趣大于整挂地放。通常是这样：一支小队伍似的三五个孩子，一只手拿着香，另一只手从兜里摸出一头"小鞭儿"，点燃后迅速扔掉，随即一声脆响。再摸、再点、再扔、脆响……绕着不大的院子转一圈，一天的"任务"就算完成了。起初，我不敢在手里点炮，把拆好的"小鞭儿"插在土里，或卡在一个什么地方，点燃后快速逃开。如果是埋在土里，周边的土会被炸翻——好有成就感！见很多人边走、边点、边扔，也没见什么危险，于是鼓起勇气尝试，并证明了自己的"反应速度"是没问题的。从这之后，便觉插在土里什么的是"小儿科"了。一二月份的北方，天很冷，又黑得很早，所以这样的"队伍"和脆响多存于白天。天黑后，也偶有动静，但显然不集中。（烟）花的价钱高，燃放时的危险系数也相对较大，所以一般没有小孩放。后来，又出了一种类似于火柴似的擦炮——相当于拆卸后"小鞭儿"的升级版。但那时，我已对炮没太大兴趣。所以，印象中，并没有玩过这种炮。

孩子们忙着疯、玩，偶尔也会写写无聊的寒假作业。大人们呢？说是放松了，只不过是早上不用喊孩子起床，不用每日嘟囔作业了，少了恼人且不必要的口舌。其实，他们更加忙碌了。多数大人没有寒假，却还要为年忙碌着。过年，总要弄出点"特殊的"行动，比方说彻底打扫卫生、添置新的东西，再比方说孩子的新衣服。

20 世纪 90 年代的中国城市，"贫穷"，已是个渐行渐远的词汇了。所以，基本不存在孩子们只在过年才有新衣服的情况。不过，在小城市，商品经济也不能算是多么发达，人们的购物意识也不算太高。所以，过年"添新衣"，既是延续一种"传统"——"过年＝'新'"，也稍稍带有"落后"的遗风——"过年＝'必须'新"。因此，在两种心理的驱使下，给孩子买过年的新衣服，可谓头等大事。早早买好，早早踏实；迟迟买不到理想的，着实让人发愁。过年前的气氛总是"紧张的"，因此"愁"会上升至一种"不安"。而衣服虽然是孩子穿，但孩子通常不会为新衣服迟迟不到位而着急。有意思的是，无论难度多大，最终买不到衣服的情况是极少的。

新衣服一穿，爷爷奶奶家一回，"大鞭"和（烟）花一放，"春晚"一看，饺子一吃，压岁钱一收，大年初一年一拜……年，就悄无声息地过完了。地面上鞭炮、（烟）花燃放后的碎屑虽一片挨着一片，一堆接着一堆，但也有种孤零零的感觉。年一过，烟花爆竹也就没太多人"喜"了。顶多大年初五（"破五"）放一挂，元宵节放（烟）花。年，就这样过完了。

春节过后，寒假还有两周左右的时间，也就是所谓的"第二部分"。这时会发现，院子里静了许多——孩子们"不见"了。他们不是去旅游，或去什么辅导班。他们其实就在院子里——在家"赶"寒假作业。"小鞭儿"，可能在"第一部分"时就放完了吧？再想"过瘾"，估计要等到下一个寒假了吧？卖鞭炮的其实尚未收摊，但年一过，多数家长不会再为孩子买炮，多数孩子的压岁钱也并不在自己的手中。不过，下一个寒假，"小鞭儿"还会是孩子喜欢的"寒假玩具"吗？也有少数孩子到"第二部分"时仍有存货。但几声尖脆的"孤响"，反倒增添了几分惆怅——寒假，马上就要结束了。

在惆怅中结束？满是稚气的孩子们不同意！正月十二、十三、十四左右，他们会突然冒出来，就跟约定好了似的。因为差不多到那时，作业基本"赶"完。当然，也可能是"抄"完。这两三天，也是这个假期"最后的疯狂"。到了正月十五，院子又安静了。一方面，大家在家过元宵节；另一方面，书包需要收拾了，第二天需要早起了……正月十五元宵节，是个"痛苦不堪"的节日。

学期是新的，但老师、同学是"旧的"，所以大家能很快进入状态。一天又一天、一周又一周、一月又一月……天在变暖、变长；下雨了，升温了；"五一""六一"，暑假又在眼前了……不那么重要的期末考试后，迎来漫长的暑假。暑假过后，年级是新的，老师和同学，也有可能是新的了。

一年又一年。一年又不同于一年。

木匣里的"宝藏"

　　四年级上学期的《科利亚的木匣》，是整个小学阶段印象比较深的课文之一。原因并不复杂，归纳下来有以下几点：首先，总觉得科利亚是一个很"酷"的名字，从名字上就能判断这是个聪明的小孩儿。从他在故事中的"表演"看，也的确聪颖。其次，被他埋起来的那个木匣，里面装的确实是些好玩的东西：冰鞋、小斧头、小手锯……很难使男孩子不感兴趣。并且，哪个孩子童年时没有这样的"木匣"呢？如果说孩子的房间是他的"小天地"，那么房间里的"木匣"就是最"机要"的部位。除了房间的主人、被主人邀来的人外，谁都不可接近、触摸。尽管在很多成人的眼中，"木匣"里的东西多是些"破烂玩意儿"。但对孩子（们）而言，却是十足的"宝物"，绝对的"神圣不可侵犯"。所以，它一般都位于房间最隐秘的地方。最后，全文的尾声部分"人一天天长大，步子也在渐渐变大"。这句话不难理解，但学课文时，也能感到绝非那么简单。尤其是"背后的东西"，其含义定超越了当时的知识限度。但"背后的东西"究竟是什么？自然是答不上来的——因为那时还不知道"哲学"是什么，更不知道什么叫"辩证法"。

　　近20年后，重读这篇兼"可爱"与哲理于一体的课文，发现了一些新的"秘密"。第一，文中提到了一座城市——喀山（Kazan）。科利亚一家因战争要躲到喀山。这也许是苏联战时的一种真实写照——一条常规的迁徙路线。此外，文中"喀"字是注了音的。但这一特殊标志，并没让我记住这座城市。总以为2009年，是第一次知道喀山——喀山红宝石（FC Rubin Kazan）代表"俄超"参加了2009到2010赛季的"欧冠"，并在诺坎普（Camp Nou）掀翻了当时不可一世的巴塞罗那（FC Barcelona）。此后，作为城市的喀山多次听到，常与体育有关。例如2013世界大学生运动会、2015游泳世锦赛等。同时，它也是2018年世界杯的比赛城市之一。的确，在俄罗斯，喀山有着"体育首都"的称号。并且，喀山的文化也值得被称赞。成立于1804年的喀山大学是俄罗斯三所最古老的大学之一，［圣彼得堡大学（1724）、莫斯科大学（1755）］也是"文豪"托尔斯泰（Lev Nikolayevich Tolstoy）的母校。

第二，文中，当科利亚的妈妈挖出她当年埋下的木箱后，说了句"算术真有用"。在这里，算术明显是一门课程，并且是一门很基础的课程。也就是说，尽管科利亚的妈妈是成年人，但获得这样的基础教育也是时间不长。不过也可以看出，苏联政府不遗余力在农村开展教育及扫盲运动。通过签署"扫盲法令"，开办免费的扫盲班、夜校等，在全社会掀起了"摘掉文盲帽子"的运动，甚至还出现了"打倒文盲"这样有些"左"的口号。国家干预加民众的热情，扫盲的成效显而易见。有史料记载，到1939年，苏联有9000万人经扫盲摘掉了文盲的帽子；而到了1940年，农村基本消灭了文盲。而在"十月革命"（October Revolution）以前，文盲人数占全俄总人口的四分之三。这样的成就，甚至引起了美国哲学家、教育改革家杜威（John Deway）的关注。科利亚的妈妈也许就是这千百万受益者之一。同时，尽管科利亚一家是避难，但这期间并没有耽误学业。在非交战区，教育系统并没有瘫痪，否则不会在异乡"上了小学"。此外，一部经典电影，形象展示了苏联的乡村教育——苏联"儿影厂"于1947年出品、在中国（"上影厂"1950年7月译制）也有很大影响力的《乡村女教师》。

第三，在重读时，还发现了一个细节：作者两次提到科利亚的家庭成员，都是妈妈和奶奶，为什么没有爸爸和爷爷，家里的成年男性去哪儿了？如何说科利亚的名字能带给人听觉上的愉悦，木匣里的小玩意儿使人产生了童年的遐想，那么科利亚家庭中成年男性的缺位，可能就是另外一个调子了——作者在通篇童趣的文章中埋的一颗含泪的种子。其实，我们能够猜测，科利亚的爸爸和爷爷去了前线，或已经阵亡。而即便他们"挺"到战争结束，身体还是否健康，还能否轻易找到家人，同样是未知数。我们熟悉的说法是，战争改变了世界格局，于是时常忽视掉个人和家庭是组成世界的小分子。所以，战争最先改变的，是一个个人和一个个家庭。实际上，当卫国战争爆发后，科利亚的家庭是无数苏联家庭的缩影——男人守卫着"大家"，女人、老人和孩子维持着"小家"。在战争期间，在没有男人的家庭里，每个人都会表现出"超越的"坚强。先前敏感、脆弱的女人，在更需呵护的老人、孩子面前，只有表现出一种超越自己心理和生理的刚毅，才能跨过生命中最难的一道坎。所以，当法西斯被赶走，科利亚一家重返故乡，看到家中物品被洗劫一空后，科利亚的妈妈表现得格外镇定，只是轻描淡写说了句"不用难过，我们还有一些东西埋在地下哩"。并且，当她挖出箱子后，表现出由衷的高兴。这样的从容、乐观，也许跟个人性格有关，但更是环境所迫——她不能垮掉。在男孩（们）长大之前，她（们）是唯一的顶梁柱。所以，女性不会时常在战争中体现英勇杀敌的伟大，但她们的伟大之处，是任何人难以取代的。并且，这样的伟大，在战争结束后的和平期仍会体现。

所以，如果按这个思路，《科利亚的木匣》具有反战的色彩。作者虽没有直接描写战争的惨烈，也没有从侧面烘托战争的悲伤，但若细细体会，"乐呵呵"的背后，是作者想表达的"其他"东西。有时，这"其他"的东西，恰恰是作者最想表达的东西。在战争的阴云下，科利亚的伶俐、妈妈的乐观、小伙伴间的说笑……无疑制造出更加感人的艺术效果。波伏娃（Simone de Beauvoir）就写道："如果说，在所有受压迫的国家，一个孩子的面孔令人动容，那不是因为这个孩子更加令人动容，也不是他比别人更有权利获得幸福；而是因为他鲜活地确证了人类的超越性：他注视这个世界，他热切地同这个世界招手，他是一个希望，一项事业。"

在我们小学阶段，涉及战争的课文不少，多是直接描写一种"牺牲"；以儿童为切入点的战争课文也有一些。《科利亚的木匣》是一篇，还有一篇是四年级下学期的《她是我的朋友》。这也是一篇十分"有名"的课文，因为很多人通过它第一次知道了"阮"姓。我之前知道"阮"是越南的一个大姓，所以默认文中提到的战争就是"越战"。但，课文自始至终没有讲述故事的背景。这篇课文今天的孩子还在学习，补充了作者姓名，但其他信息仍很有限。不过，从作者的国籍（美国）及出生年份（20世纪50年代）看，故事发生在"越战"期间的可能性很大。

和《科利亚的木匣》相比，尽管《她是我的朋友》也没有直击战场，但直言了战争的残酷，因为写到了伤亡；故事的发生地又在孤儿院。战争中的孤儿院，定同和平时期的有着不一样的色彩。实际上，描写战争中儿童的叙事作品，我们已见得不少。儿童不是战争的参与者，却不得不身处这样的环境中。在战争面前，他们可能是最"无力的"群体，但只能接受这个似懂非懂的现实。所以，用儿童的双眼看战争，用儿童的心体会战争，无形中放大了战争的残酷，反战思想阐释得无疑更加明显。同时，儿童的单纯，即便是在生死不定的战争时期，也不妨碍他们做出在他们看来常态的决定。但这样的决定，在成年人看来极端危险，甚至关乎存亡。除阮恒不惜生命献血外，我们不陌生的《小小飞虎队》，中国孩子不假思索收留日本孩子；2008年上映的电影《穿条纹睡衣的男孩》（ The Boy in the Striped pyjamas ），纳粹军官的儿子穿上"条纹睡衣"……看到这些，成年人会想到什么？但同时，为什么这么多悲惨中蕴含着欣慰的故事，除不掉人们心中的罪恶？

我们使用的小学课本，注明了课文作者——原苏联（出生于乌克兰的波尔塔瓦——笔者注）作家左琴科。今天，《科利亚的木匣》仍存在于教材中，但挪到了三年级上学期，对作者的介绍去掉了"原"字。中国人熟知的苏俄作家很多，左琴科（Mikhail Zoshchenko, 1895 — 1958）实在排不到前列，但他的名字在中国出现的却不算晚。20世纪30年代，翻译家金人就在萧军的介绍下翻译过左琴科的作品，例如《少年维特之烦恼》《滑稽故事》等，并由此和鲁迅取得了联系——经鲁迅推荐发表在《译文》杂志上。

同时，从鲁迅给萧军的一封信看，鲁迅比较认真地阅读了左氏的作品。金人认为鲁迅小说的风格与左的近似，他在信中写道：

> 至于他说我的小说有些近于左，那是不确的，我的作品比较的严肃，不及他的快活。

鲁迅的这席表达，或是由于谦逊，或是不愿同他人相比。但他提到"快活"，是绝对不差的，单从《科利亚的木匣》一篇便可知。而在其创作的《糊涂事》(1938年)、《可怜的费佳》(1945年)等儿童故事（左琴科不是专业的儿童文学作家，却有不少关涉儿童的篇目）中，更可见活泼的风格。但活泼的背后，又不失严肃的主题。也就是高尔基（Maxim Gorky）评价的"社会教育价值"。例如《糊涂事》是在告诉父母不要过于溺爱孩子，要相信孩子的能力；《可怜的费佳》表明战争对儿童的戕害，号召民众以亲人般的关怀接纳因战争失去家庭的孩子。左琴科曾亲临战场，并在"一战"中受伤。因此对战争的残酷有着更为直接的认识。所以，其作品涉及反战，就更显合情合理了。他写道：

> "孩子，难道你今天不回家吗？"
> 费佳轻声回答说：
> "不回，我没有家。"
> 格利沙对妈妈说：
> "他没家了，妈妈也没了，都是法西斯给害的。"
> 安娜·瓦西利耶夫娜对费佳说：

"孩子，你要是愿意的话，跟我们一起回家吧。"

格利沙高兴地喊道：

"对，和我们一起回家吧，我们家里可好玩啦，可有意思啦！咱们俩一起玩。"

这时，大家突然发现费佳微笑了一下，他只是微微一笑，可谁都看见了，大家鼓起掌来：

"太好啦，他笑了，他身体就会好啦！"

就是这么简单，甚至有些"俗套"，但就是感人，富有张力。也像他自己所说："我的句子都很短，普通的穷苦老百姓也能读得懂。"

一个球迷的养成记

　　"德智体美劳"全面发展，是对中国孩子的期望和要求。现在看来，小学课文在选择上遵循着这一点。但回看曾经学过的一篇篇小学课文，发现关于"体"的并不多。四年级下学期的开篇——《小足球赛》，是为数不多的"体育课文"。

　　这篇课文的学习时间，是1998年的春天。那时候，我不可能不知道足球是什么，但并没有对足球有多大兴趣。也就是说，在学《小足球赛》时，我还不是个球迷。但正是在1998年，我成了球迷。

　　1998，是一个有世界杯的年份。所以，这一年的首课就关于足球，真是莫大的巧合。当然，很少有人会通过一篇课文成为球迷。成为球迷，还是要历经与足球切实相关的事。

　　中国男足（以下称中国队）是1998法国世界杯的冲击者——参加了亚洲区"十强赛"。这是1997年下半年至年底的事。我没有刻意关注这一系列比赛，可能也没有完整看一场，但对于中国队比赛的比分、画面，甚至场内外的细节，至今仍有零散的记忆。一方面，中国队冲击世界杯是新闻热点，赛前、赛中、赛后的一切，是各路媒体争相捕捉、报道的对象；另一方面，一定是潜意识里对这项运动产生了"感觉"，否则，无论消息多么铺天盖地，也不一定会察觉。即便如此，那时，我仍不算是一个球迷——只可说对足球有了些许热度。

　　尽管踢出了几场漂亮的比赛，例如主场 1 : 0 胜沙特阿拉伯，客场 2 : 1 拿下科威特，但最终还是冲击失败。转眼到了 1998 年，春末夏初之际，一些关于世界杯的"动作"出现了。首先是电视上对于赛事转播的宣传，有一句广告词我记得十分清楚：荧屏冲击波，球迷总动员。配音员的讲话极富激情、节奏感，所呈画面自然是以往世界杯、国际赛场的经典瞬间。这些画面全然陌生，因为当时还没有看过任何亚洲以外的足球比赛。但要说对于"球场瞬间"的记忆，就要再向前推，推到 1996 年的亚洲杯。中国队小组赛的首个对手是乌兹别克斯坦。因为是周末，可以适当熬熬夜。家人在看，所以我也在断断续续中将比赛看完。我记得，双方迟迟打不开局面，直到比赛的尾声阶段，乌兹别克取得进球。进球球员的兴奋之举，是我目睹的第一个球场上的激情瞬间。最终，中国队 0 : 2 告负。通过那一场比赛，知道了故意浪费时间要被"警告"；通过那一届比赛，知道了有个超级富裕的国家叫阿联酋——赛事东道主，也是那届比赛的亚军。冠军是另一个超级富裕的国家——沙特阿拉伯。

　　关于世界杯的另外一个"动作"，是"球星卡"的出现。当时我上下学坐班车，发现车上有些人手里拿着类似于卡片的东西，还和同伴嘀咕着什么，好不神秘。凑过去一看，知道了球星卡这个玩意。他们告诉我，是在学校马路对面文具店买的。卡片虽是纸质，但很厚，印刷也精美，所以每张售价不低，卡片的主人也就不愿与他人分享。我看到的第一张是当时意大利队的主力门将佩鲁济（Angelo Peruzzi）。现在回想，他身着的好像是俱乐部的球衣，因此不能说"正规"。但当时并不懂这些。不过，不得不承认，我被球星卡吸引了。第二天，也可能是几天后，我从家人那儿要来"巨款"，去文具店"收购"，才知早已卖光。但因为当时仍不是球迷，所以并没有过于失落。购买欲望的产生，一定意义上只因它是个"潮物"。

后来，我们当时常吃的一种零食——干脆面，继"旋风卡"后奉送"球星卡"。但这是世界杯之后的事了，并没有涉及太多球星，只是冠军法国队和亚军巴西队的主力阵容，以及全明星阵容。收集干脆面里的球星卡是个"烧钱"、漫长、艰难，关键是"痛苦"的过程：一套38张，收齐几乎是不可能的。尤其是法国队的极少现身。当时还有一种珍藏版的"银卡"。但用巴西、全明星队的银卡去跟人换法国队的普通卡，八成要吃"闭门羹"。不过，随着九月份开学，球星卡的风悄然刮过。大多数人不再牵念球星卡，甚至足球在他们的视野中也渐行渐远。而我，却在那个秋天，成了真正的球迷。

在世界杯如火如荼进行的时候，我还不是个球迷。巴西对苏格兰的揭幕战，是在夜里被唤起来的，因为苏格兰得到一粒点球。点球踢进，比分变成1：1，苏格兰全队赢下比赛似的疯狂庆祝。我轻描淡写说了句"进这球值当这么高兴吗"，之后很快在电视机前消失。白天，我知道了比分，并在电视上看了比赛集锦。四年后以队长身份捧起大力神杯的巴西右后卫卡福（Marcos Cafu）制造了对手的乌龙球，巴西2：1险胜。领先后卡福空翻庆祝，日后成为足坛最为经典的画面之一。而苏格兰踢进的点球，也颇有"意义"——我迄今为止在国际大赛上看到的苏格兰队的唯一进球。

揭幕战不看也罢，毕竟那一夜不是周末，或大赛释放出的热情尚未彻底感染我。但一个月过去了，暑假已开始，决赛也如期而至。那一夜，我仍在睡梦中。直到法国2∶0领先，我再次被唤起，看到的是下半场巴西队的一次次反扑，法国队固若金汤的防线，以及终场前佩蒂特（Emmanuel Petit）的锁定胜局……那个进球，巴西门将塔法雷尔（Cláudio André Mergen Taffarel）几乎没做扑救动作。最终，缺席了1994年美国世界杯的法国队，在本土首次夺冠。

严格来说，1998年的世界杯，不能算是我看过的第一次国际大赛，充其量算作真正看球的起点。64场比赛，没看过一场完整的，集锦也只是偶尔关注，但至今仍记得大多数比赛的比分和进程——真不知是如何做到的。

秋天，世界杯的余波慢慢散尽，欧洲各国的联赛逐渐拉开帷幕。我开始有意识地去看球。具体说，是当时电视上仅有的德甲（Bundesliga）和意甲（Serie A）。世界杯后，有段时间，电视上反复播放一首名为《从头再来》的歌。每次旋律想起，我都忍不住凑到电视机前。歌曲好听，画面感人。当时没有网络，要想反复听、看，只能借助录像机。但何时播放，并没有规律可循。终于有一次，被我"抓了个正着"，录下了这首至今也听/看不厌的《从头再来》。

起初，看得最多的是德甲，因为它的开球时间是周六晚上，即便比赛结束时已临近午夜，但第二天不用早起。意甲的开球时间是周日晚上。尽管在具体时刻上比德甲早，但因为第二天要上学，所以"不好意思"熬得太晚。不过，在"莫名其妙"成了 AC 米兰（以下称米兰）的球迷后，意甲，尤其是米兰的比赛，就不愿再错过。所以，有时候，我有意磨蹭，以便拖延上床的时间。而蹭到床边时，比赛已接近结束，或大局已经明朗。

还是这一年，冬天。晚上从一间餐厅吃完饭，溜达到一书亭。这是当时德州众多书亭中的一个，如今再想在城市中找书亭，可不是件容易的事了。那晚，在书亭买了两本足球杂志。可能还是过刊，但并没有过去太久，所以按原价售卖，每本三块八毛钱。跟我同龄的球迷，看到价格，应该已猜出杂志的名字了。

买杂志，可谓看球路上一"里程碑"事件。从此，每月多了一笔开销，更多了一份期待。售价三块八的杂志是半月刊，所以七块六是每月必出的。足球杂志并非一种，但三块八是最便宜的一种。因此，每月在足球杂志上的开销，一般在 20 元左右。此外，手握杂志，相当于有了文献。这样一来，看球的视野迅速扩大：足坛的实时动态、足球的历史、除德国和意大利外的其他联赛……一时间，脑子要装进这么多东西，但也不会认为是负担。

联赛由俱乐部构成。我渐渐发现，欧洲国家的足球俱乐部在命名上同中国的有很大差异。通常，欧洲国家俱乐部的名字就是地名，中国则是"地名＋赞助商"。可能是欧洲国家的地名过于"艺术"的缘故，用中国的方式为欧洲国家的俱乐部命名，读起来会非常别扭；反之，用欧洲的方式来命名中国的，也感到不舒坦。这样，在地图上，往往可以直接看到俱乐部的名字，让我既诧异又激动。而 20 世纪 90 年代末，我得到一本世界地图集。在几个"重点国家"的版图上用笔圈出了拥有俱乐部的城市。首先应该是德国和意大利,其次是英格兰(英国)、西班牙和法国。因为这是"传说中"的欧洲五大联赛。在圈出米兰、慕尼黑这样的城市后,还会在上方写下一个"2",意为这样的城市(当时)有两家处于国内顶级联赛的俱乐部。

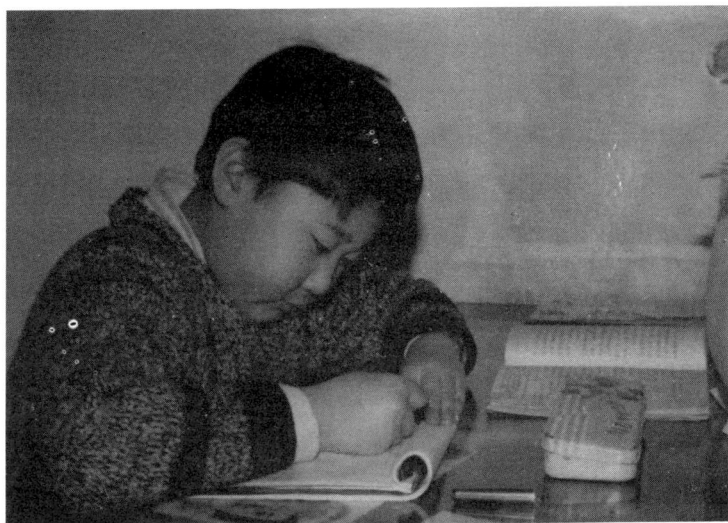

手握著名的"英雄616",完成一次常规的作业。摄于20世纪90年代末

　　我在小学阶段的学习成绩就非常平庸:时而中上,时而中下,最好成绩是班级第八,并且很"荣幸",出现在寒假前的期末考试中。但,我绝对是一个在学习上很自觉的人——作业弄不利索,可以暂缓吃饭,更不会去碰自己的爱好。所以,杂志一般在睡前看;"圈城市"也一定发生在写完作业以后:将地图集摊在床上,跪下来,俯身"勘查"。

　　"看球",也是需要成本的。买足球类的报纸杂志只是"小打小闹"。所支持球队的队服、明星周边产品、比赛门票、跟随"主队"四处作战等，每一项都是不小的开支。我对足球的迷恋程度，基本稳定在购买报纸杂志这一层级。但也有几件真品球衣，是趁打折时买的；也有亲临球场的经历，目前只看过三场。但，尽管只是报纸杂志，也不一定随时随刻都买得"洒脱"。

1999 年，我所支持的米兰夺得俱乐部历史上第十六个联赛冠军。当时国内媒体多用米兰王朝"复辟"来报道这一新闻。我查阅了相关史料，得知前两个赛季，球队在中游徘徊。也就是说，我迷上的是处在低谷期的米兰。所以，成为米兰的支持者，只可用缘分来解释了。

米兰重夺联赛冠军，再次成为意大利、欧洲乃至全世界瞩目的俱乐部。那年夏天，有本足球特刊问世：98 — 99 赛季欧洲五大联赛的综述，随刊附送一张 VCD：欧洲主流俱乐部的队歌。有段时间，特刊的广告屡屡在电视上出现，米兰队歌是广告背景音之一，画面则有米兰夺冠道路上的重要瞬间。我是多么渴望得到这本特刊！却感到离它很远。当时，一张 VCD 很贵，再加上书，不敢想象它的定价。此外，这样的特刊，会出现在小城的书亭中吗？

那年暑假，去了趟北京，回家路上在天津短暂停留。无论是北京还是天津，这本特刊都已售罄。在天津，我特意问了书亭老板它的价格，得到的答案是 30 多块钱。我常买的杂志三块八一本，特刊的价格，几乎可以买小半年杂志了。

既然大城市都买不到了，考虑价格也没有实际的意义，我定是和这本特刊无缘了。但很多事情就是这样奇妙：当时，百货大楼对面有个书亭。一个周六，我去看三块八的杂志是否到货，真的只是无意中前往。杂志是否到货已记不得，但发现了差不多快忘记的特刊。它也许是当时书亭中的镇"亭"之宝，所以格外显眼。是的，就是 30 多块钱，但也可以说不到 40 块钱。最关键的是，我买下了。

回家后，迫不及待拆封，将碟片塞进 JVC 的影碟机，按遥控器的选曲键找到米兰队歌，熟悉的声音、亲切的画面。之前，只能通过电视广告来享受的激情时刻，现在，可以在家听个够、看个够了。

1999 年秋，新的赛季又开始了。除定期购买杂志外，又有两本特刊进了我的视线。两本都新赛季前瞻，一本主要是意甲，兼顾其他四大联赛；另一本是五大联赛"一视同仁"。我更倾向于前者，因为米兰，也因为那本是全彩印刷，看起来更形象、直观。但这本书更贵，页数也远少于后者，所以很是犹豫。当时已经开学，六年级，我不再坐班车，而是骑自行车。有段时间，放学后先到人民公园的北门口，那儿有家书亭，看看关于意甲的是否还在。感觉只要未被人买走，它就是我的。但，终于，忍不住了。家人知道我内心的矛盾，竟说"要不都买吧"。我不假思索地摇头。最后买的还是稍贵的那一本。至于那句"要不都买吧"，当时还读不出太多的爱意。

意甲拥有"专刊"，说明它的地位。但如今再回想，2000 年左右也是意甲"黄金期"谢幕的开始。所以，在一定程度上，这本专刊捍卫了"小世界杯"最后的尊严。

杂志、特刊，事实上，不能说看得十分仔细。尤其是杂志，有时一个月好几本，根本无法全面顾及。再者，当时毕竟还是小学生，理解能力有限，很多文章看不懂也是正常的。但买杂志，起码在那段时期成了一种习惯，一种精神寄托。不仔细与似懂非懂，不会影响买与看的热情。同时，也不可能不受杂志的影响：很多词汇和表达方式，都是在杂志中学到的。我将它们用在作文上。显然，这不符合小学生"好作文"的标准。不过，看球"有助"学习，也是事实。初高中阶段，欧洲地理、历史的学习，没费太大力气，定跟身为球迷有关。尤其是初中地理《欧洲西部》这一章，好像不是在上课，就是在看一场场比赛。后来阅读西欧的文化，解读欧洲思想、哲学界人物的观点和主张，不少人认为这是"烧脑"的事，尤其是德国哲学的理论。但对我而言，并非过于吃不消。也许我是"不求甚解"；也许是足球，在十多年前就将我领向特定的"场域"了。

其实，买杂志也并没有持续太长时间。2000 年，迎来了我的首次大赛——在荷兰和比利时举办的欧洲杯。一个多月后，进了一所寄宿制中学。现在想想，那届欧洲杯的主题曲 Campione2000 的旋律竟有几分"送别"的悲怆。尽管杂志由家人代买了一段时间，但每次放假，在家时间有限，哪里还会沉下心来翻看杂志。并且，寄宿学校的封闭，让我同足坛脱轨了。以前只是似懂非懂，这回，是彻底不懂了。甚至有段时间，我不再关注足球，且几乎到了逃避的程度。

话说到了 2003 年，米兰重新站上欧洲之巅，我还是从一个同学那里听说的。那位同学自言自语：昨天的决赛布冯（Gianluigi Buffon）扑出了两个点球，迪达（Nelson Dida）扑出了三个。这时我才忽然反应过来：米兰都进欧冠决赛了！决赛的对手是尤文图斯。那个同学不是球迷，他嘟囔这句话，可能只因为这是条比较重要的"体育新闻"。

那年夏天，我离开寄宿学校。中考后不久，在距未来高中不远处的一个书亭，买了曾经每期必买的杂志。我并不清楚为何要买，好像一种下意识的类似于"宣告"的举动。杂志的价格已不再是三块八，纸张也从黑白变成了彩色。但更让我陌生的，无疑是内容和编排。

但好在，我"回来"了。

临近高中开学前的一个晚上，在家听收音机里的一档体育节目。这个节目，我在寄宿学校时没少听。但将收音机带到学校，是违反纪律的行为，所以只能偷偷使用。而我在回家后长时间保留听收音机的习惯，可视为寄宿的"遗风"。如今想想，这也算

寄宿学校周末探视。摄于21世纪初期

因祸得福。"封闭"的日子，让我接触并"铭记"一个复古的玩意。而生命中每增添一个有温度的玩意，生命的温度也会随之上升。那晚节目的国际足球板块，报道了米兰赛季前的集训情况，时任米兰队队长的马尔蒂尼（Paolo Maldini）表示对新赛季充满期待。八月底的晚上，通常还是高温，但那一晚却非常凉爽，以至于产生了一种奇异的静谧。赖在床上听马尔蒂尼的采访，感到恍惚，不知怎的，想起了看球初期，那个看杂志、"圈城市"的年月。只不过才几年的时间，仿佛变了许多：足坛的格局，自己的年龄、身份（从小学生到高中生），甚至是住所……但也好像是在那一刻，忽然意识到，该重新变回球迷了。

一本读毕后没有流泪的感人之书

小学阶段学过的课文的名字，绝大多数是有记忆的，但也有例外，比方说四年级下学期的《争吵》。

不过，这篇课文的内容，我还没有完全忘记，尤其故事中一位主人公的名字——克莱谛，却想不起里面的另外一个——安利柯。毕竟，课文的第一句就提到了克莱谛，而安利柯名字的出现，却到了故事的尾声。小孩子的阅读，有时就是这么的瞻前不顾后。

于是，又通读了一遍课文，感觉还是颇有"意义"的：成长的过程中嘛，难免与人发生争执，早日呈现、正视这种矛盾，才能为今后少一些这样的矛盾铺路。并且，文中的几处描写也很精彩。例如：

克莱谛气得脸通红。"你这是故意的！"（克莱谛真的很生气）

又比如：

克莱谛是个好人，他绝不会是故意的。我想起那次去他家玩，他帮助父母亲干活、服侍生病的母亲的情形。还有他来我家的时

候，我们全家都诚心诚意地欢迎他，父亲又是那么喜欢他的种种情形来。（"我"开始产生懊悔的感觉）

再比如：

我用眼角偷偷地看他，见他上衣肩上的缝线都开了，大概是因为扛多了柴的缘故吧。（细节描写，进一步突出克莱谛是个好孩子）

以及：

克莱谛不时用眼睛瞟我，从他的眼里表示出来的不是愤怒，而是悲哀。（对于"我"的表现，克莱谛很委屈、难过）

嗯，是篇好文，值得好好回忆。但当我准备翻过此页，却忽然注意到底部有一行文字，"本文作者是意大利的亚米契斯"。那就查一查这个人。回忆一篇文章，作者自然是不能被忽视的。但这一查，查出了一方"大天地"。

来自意大利的《爱的教育》（*Cuore*），可谓世界上最伟大的儿童文学作品，其作者叫埃德蒙托·德·亚米契斯（Edmondo De Amicis，1846 — 1908）。看到这儿，十分惭愧，《爱的教育》早有耳闻，但为什么不知道作者是亚米契斯；将近 20 年前接触到《爱的教育》，但为何没有直接知道《爱的教育》。直到今天，一个个类似于"谜"一样的东西才被揭开：克莱谛、安利柯都是《爱的教育》中的孩子；

《争吵》正是安利柯的一篇日记。安利柯和克莱谛都是文学史上无法被忽略的人物形象；亚米契斯的名字更是被牢牢镌刻在文学巨星墙上……于是，找出《爱的教育》，从头至尾地读。

《爱的教育》被冠以很多非凡的称号，例如"最能打动人心的儿童读物"。我也得到过这样的反馈：不少成年人读罢此书，涕泪滂沱。实际上，太多的文学读物可以使读者读后满眼热泪。夏丏尊（1886 — 1946）是《爱的教育》的首个中译本作者，他是这样解释为何读后会"哭"的：这不是悲哀的眼泪，乃是惭愧和感激的眼泪。翻译《爱的教育》时，夏先生已是四个孩子的父亲了，并且在学校执教也十年有余。但他感到自己无论是做父亲，还是做教师，仍做得不够好。所以说"读了这书好像丑女见了美人，自己难堪起来，不觉惭愧得流泪"。不过，当我将书本合上后，眼里却是干的。可能，在读的过程中，已将泪"哭"尽了吧！

《爱的教育》由三年级小学生安利柯的日记、每个月的"每月例话"，以及家人给他的"留言条"构成。日记是全书的主体部分，一篇日记，一个故事，也是一段成长的经历。读《爱的教育》，我的情绪不能自已，是哪个，或哪几个故事让我感动吗？好像也不是。我无法说出书中的哪些具体的故事打动了我，因为从第一篇起，我就已经被打动了。于是，《爱的教育》对我而言，从始就笼罩着一种碰及心底的奇异气氛。作者将感动的种子埋进书中的一字一句，所以，每字每句，触动心弦。

第一篇日记，写于新学年的开学第一天。《爱的教育》的问世距今已有一百多年。但读者会惊异发现，一百多年前意大利小学开学第一天的情形，以及重回学校孩子的心态，为何今人仍感到不陌生。安利柯这样描述新学年第一天的所见：

> 不论哪一条街道，都充满着学校的学生们；书店的门口呢，学生的父兄们都拥挤着在那里购买笔记簿、书袋等类的东西；校役和警察都拼命似的想把路排开。

类似于这样的开学第一天的"热闹"，"你"不会觉得不熟悉吧？如今的中国小学生，也不会感到陌生吧？

而坐在教室里的安利柯又想了些什么：

> "唉！一天总算过去了，还有九个月呢！什么用功，什么月试，多么讨厌啊！"

假期是短暂的，上学的时光是漫长的。想到早起到校，想到作业、考试，真是"一个头就变成两个大"。

安利柯在开学第一天的所见所想，具有强烈的"普适性"。并且这样的见闻与感想适于今日，说明人类社会的发展着实有着传承性与延续性。于是，安利柯的第一篇日记，拉近了同"全读者"间的距离。而这种"近距离"，一直延续到全书的尾声。那是考试前后，安利柯写道：

> 试验终于到了，学校附近一带，不论先生、学生、父兄、所谈及的没有别的，只是分数、问题、平均、及格、落第等类的话题。
> ……

有的母亲亲送儿子入教室，替他看墨水瓶里有无墨水，检查钢笔头是否可用，回出去还在教室门口徘徊嘱咐：

"仔细啊！要用心！"

……

先生把市政所送来的封袋撕开，抽出题纸来，全场连呼吸声都没有了……我们想：如果能把问题和答案都告诉我们，使大家都能及格，先生们将多少欢喜呢。

"熟悉感"，会在阅读的过程中一步步加深，并在无形中演化为一种"亲近感"。如此亲近，难道还无法早早打动人？

阅读安利柯的一篇篇日记，好像是每一个与他同龄的孩子，或是经历过儿童时代的人在翻阅自己的日记本。安利柯经历的不少事情，可能"你"正在经历，或以前经历过。安利柯的同学，仿佛此刻就在"你"的班上，或是"你"往昔的某些同学。而安利柯的同学家长，也好像是"你"见到，或曾经见到的某些叔叔阿姨。所以，《爱的教育》不是一本简单的儿童日记集，而是9到13岁儿童成长的横断面，因此可以看作是一部略写的、通俗的"儿童史"。

安利柯记录的他的同学，可谓整部日记中最为精彩的段落。"你"能想象卡隆的义气与担当，想象卡洛斐的聪慧与奇葩，想象诺琵斯和华梯尼的虚荣与高傲，想象勿兰谛的"臭名昭著"与无恶不作，想象代洛西，这个"别人家的孩子"……这是一个混杂的班级，一个微型社会。

读者很容易推断，安利柯的家庭出身是不错的——出自中产阶级知识分子家庭，基本上是一个"无须求儿童"，也就是"衣来伸手，饭来张口"，或生活中的绝大多数欲望可以得到满足。所以，安利柯在"论"自己的同学时，带有一定"圣人"视角，这一点也是无疑的。家庭知识氛围浓郁，平等意识弥漫，带给他一双敏锐的观察人与事的眼睛，一个周密的思考、分析问题的头脑，以及强大的对待事情的气场。所以，安利柯的日记之所以"好看"，笔下的人物之所以"好玩"，与他的生活环境密不可分。亚米契斯自然会意识到这一点。例如在"好友卡隆"中，安利柯这样写自己的同学：

　　那大的孩子举起手来正要打幼小的孩子的时候，幼小的只要叫一声"卡隆"，那大的就会缩手回去的。

　　如此细致的观察，精妙的描写，虽最终出自亚米契斯的笔触。但他要首先相信，笔下的人物是有能力写出来的。

　　和安利柯吵架的克莱谛，也有独立的篇章。在"朋友克莱谛"中，安利柯记录了这个小孩的良好品行："帮助父母干活""服侍生病的母亲"。并且，在安利柯的笔下，克莱谛还是个好学的孩子："一边干活，一边背着文法"。但有一点好像值得玩味：安利柯很早就"透露"自己除了喜欢卡隆，就是克莱谛。但起初，克莱谛好像并未将安利柯当成贴心的挚友。还是在这篇日记中，克莱谛对安利柯说了两次"你真幸福"，总感到这是客气的"外交辞令"。至于"全家诚心诚意欢迎他""父亲喜欢他"，也有相关记载。那是在"友人的来访"一篇中，安利柯详细记录了克莱谛的可爱，这时，克莱谛似乎没有那么见外了。安利柯是这样写的：

无论何时非活动不可，或将眼前的东西移动，或是将它翻身。据说他从今天早晨起，已搬运过半车的柴，可是他还没有疲劳的样子，在我家里跑来跑去，见了什么都注意，口不住地说话，像松鼠一般的活动着。

活泼好动是小孩的天性。而克莱谛在客人家中的兴奋表现，也在一定程度上印证了两个家庭在经济条件上的差距。但克莱谛在多数时候没有忘记保持应有的礼仪。于是安利柯的父亲说：

这小孩虽然长在柴店里，却含着真正的贵族血统。

毕竟，克莱蒂的父亲是见过"大场面"的。

终于在日记集中读到了"争吵"，随之又解开了一些"谜"。例如课文的开篇讲到克莱谛得奖。一个什么样的奖？答案在前一篇"奖品授予式"中。在"吵架"这件事上，父亲对安利柯的表现极为不满，但事后如何？安利柯将坏情绪发泄到了姐姐雪尔维身上。在伤了克莱谛的心、父亲的心后，接着又伤了姐姐的心。姐姐十分难过，于是给弟弟写了张条子。安利柯看过后表达了自己的歉意，却带着一股子的"倔"，他这样表达自己的悔意：

我没有吻姊姊的手的资格！

——安利柯

　　这段时间，对于十岁左右的安利柯来讲可谓"黑暗"至极，他一而再再而三让自己身边的人难过。但读者想必也能看到，安利柯的"浑"，正解了他是一个正常的、普通的十岁男孩，谁在这个年龄段没犯过类似的"浑"？所以，安利柯的表现，反倒带有几分萌萌的爱。他与克莱谛的争吵发生在三月。其实，一个月前，安利柯的焦虑与急躁就有所显现，但有着强烈的自省意识。他于二月五日写道：

　　我近来不用功，自己固觉没趣，先生、父亲、母亲为了我也不快活，像从前用功时候的那种愉快，现在已没有了。

　　……

　　劳动吧！辛苦吧！像现在这样，自己既苦，别人也难过，这种倦怠的生活决计从今日起停止！劳动！劳动！以全心全力用功，拼了命！

　　十月回到学校。二月，刚刚过了一半，距离七月，也就是暑假遥遥无期。这个有些性格、脾气，在假期有机会前往乡间别墅的中产阶级家庭的小孩，可能真的有些"坐不住"了。

　　阅读安利柯的日记，还有三点给我留下了深刻印象。第一，死亡教育。在安利柯的日记中，不止一次写到疾病、死亡，不仅是年长者的死亡，也包括年幼者的死亡。孩子们有机会接近病患，并会在师友的葬礼上担当一定角色，宗教因素在其中起到了重要作用。但理性看待疾病与死亡，会帮助孩子们树立了关爱他人、尊重生命的崇高理念。第二，对劳动及劳动者的爱。至于这一点，在安利柯的父亲，一位靠脑力劳动获取报酬的绅士身上体现得更为明显。白领"瞧不起"蓝领，看似是一种"正常"现象。但安利柯的父亲把劳动看作高尚品质，将劳动者视为"可爱的人"，着实令人动容。劳动者获得如此礼遇，甚至让人们看到了一个国家和民族的希望。在安利柯的日记中，确实记录了许多上层人物，但更多的是底层劳动者，甚至是与他同龄或比他还要幼小的劳作者。所以，劳动者是这个国家的大多数。而统一后的意大利需要劳动者的付出，更需要给予广大劳动者相应的人文关怀，从而确保国家走上持续发展的道路。安利柯的父亲在给儿子的"留言条"中这样说：

你应该爱"小石匠"，一则，他是你的同学；二则，他是个劳动者的儿子。

不仅是安利柯的父亲，"小绅士"诺琵斯冒犯了卖炭者的儿子培谛，说其父亲是"叫花子"。"老绅士"是怎样做的？他不是人们观念中护犊子的"土豪"，而是命令诺琵斯向培谛道歉，让他去抱培谛，还请求先生安排两人坐在一起。同时，读者也看到了来自底层劳动者的品行——"老绅士"教训"小绅士"时，卖炭者表现出不安的神情。第三，爱国情怀。在安利柯的笔下，学校先生们有一个词是经常提到的，"三色旗"。国旗是国家的象征，先生们常提国旗，就是告诫学生牢记国家的概念。而安利柯的父亲，同样提醒他要对战士怀有感激，对英雄充满敬意。亚米契斯本人在15岁时就进入军事院校，可谓一"童子军"，日后成为意大利民族复兴运动时期的爱国斗士，并亲自走上战场。所以，他"希望"自己笔下的人物，尤其是年幼的孩子不忘过去的峥嵘岁月，不忘为国流血、捐躯的豪杰志士。在一篇名为"国庆日"的日记中，安利柯写道：

> 在国庆日，应该这样祝祖国万岁：
> ……
>
> 我把整个祖国和我所始见始闻的最系恋的你的一部分同样地爱敬，我以最纯粹的情爱平等的感谢，爱着你的全部——勇敢的丘林，华丽的热那亚，知识开明的博洛尼亚，神秘的威尼斯，伟大的米兰。我更以幼儿的平均的敬意，爱温和的佛罗伦萨，威严的巴勒莫，宏大而美丽的那不勒斯，以及可惊奇的永远的罗马。我的神圣的国土啊！我爱你！

这段激昂的文字，可谓安利柯作为爱国者最为明显的一次表现。其他小孩想必也会发出类似的呼声。爱国、团结、统一，是亚米契斯生活的时代亚平宁半岛的旗帜。而班级对一位远道而来的格拉勃利亚小孩的接纳与关照，恰恰映射了这一点。读罢《爱的教育》，也仿佛知道了当《马梅利之歌》（*Inno di Mameli*）旋律响起的时候，布冯、德罗西（Daniele De Rossi）、基耶利尼（Giorgio Chiellini）……"蓝衣军团"的将士们为何会紧闭双眼，纵情高歌。

安利柯的父亲亚尔培脱，在儿子身上的倾注，是对"爱"的教育的最好诠释。他深爱着这个家庭中的长子，关注他成长道路上的点点滴滴，为他的进步而高兴，为他的挫败而失落。他给儿子的每一张"留言条"，都是从心出发，甚至使读者感到他是在含泪书写。他爱安利柯，想时刻亲吻他、抱他，但绝不溺爱他。所以，即便安利柯有着优越的生活条件，但他从未长时间迷失过自我。

此外，父亲以身作则，为儿子树立榜样。在《父亲的先生》这篇日记中，事业上已小有成就的亚尔培脱带着感恩的心，带着儿子，乘火车看望曾经的先生。在先生面前，人到中年的亚尔培脱恭敬得像个孩子。在同先生相处的短暂时光中，亚尔培脱像儿子照料父亲一样料理先生的一切。安利柯看到这一切，日后会忘掉自己的先生们吗？并且，在《爱的教育》中，无论是（男）先生，还是女先生，都有"先生"的样子。安利柯在《校长先生》一篇中写道：

学生犯了规则被唤到校长室里去的时候总是就就战战的，先生并不责骂，只是携了小孩的手好好开导，叫他下次再不要有那种事，并且安慰他，叫他以后做好孩子。他声气和善，言语亲切，小孩出来的时候总是红着眼睛，觉得比受罚他还难过。

这一点，使译者夏丏尊颇为感慨，他写道：

学校教育到了现在，真空虚极了。

接下来一句可作为名言警句：

教育没有了爱，就成了无水的池，任你四方形也罢，圆形也罢，总逃不了一个空虚。

对于《爱的教育》的探讨是没有尽头的，这是优秀文学作品共同的特质。看后世的儿童文学，总感觉带有《爱的教育》的影子，因为安利柯的任何一篇日记、"每月例话"，以及"留言条"，都可以拿出来单独"做文章"。这是对亚米契斯最高的礼赞吧！但可能也有人会"质疑"：书中的人和事过于理想化了，有些脱离现实了。但，用虚构的理想化的人和事，去教育现实中的人，塑造理想化的社会，难道不应该吗？并且，如果仔细阅读也会发觉，书中的人与事，也并非没有反面典型。

但如今说起欧洲的有"学习价值"的国家，想必很难再想到"旅游国度"意大利了。德国人的严谨、英国人的绅士、法国人的浪漫、荷兰人的创意、北欧人的幸福感……是人们谈得最多的。意大利人外露的激情，反倒成了一种"弱点"。但始终不要忘了，欧洲文明始于古希腊，紧接着就是古罗马。"文艺复兴"（Renaissance）时期，意大利更是一位位"先驱"的故乡。而意大利在儿童教育方面也确有心得。除《爱的教育》外，还有科洛迪（Carlo Collodi）和他的《木偶奇遇记》（*Le Avventure Pinocchio;1880*），以及闻名于世的幼儿教育家蒙台梭利（*Maria Montessori*）。

错过的"大腕"

这好像是我第一次在电脑键盘上敲下"茨威格"三个字。但动笔写下这个名字，却是1998年的夏天。对于这一过程，我一点都记不起来了。

要说小学阶段的课文"幼稚"，可是大错特错。它会在不经意间蹦出一些"巨匠"的名字，让如今从事文化研究的人都感到有些莫名其妙。《全神贯注》就是这样一篇课文。

对我而言，这算不上一篇有太深印象的课文。看到题目，想起了故事的主人公——法国大雕塑家罗丹（Auguste Rodin），仅此而已。所以最初，没有在这篇课文上"大书特书"的计划，甚至没有再读一遍的想法。但就像在重读《争吵》时无意中发现了亚米契斯一样，突然察觉到课文第一句话中有两个人名，一个是罗丹，另一个是谁？是茨威格（Stefan Zweig，1811 — 1942）。居然是茨威格！而他的名字竟以全名出现——斯蒂芬·茨威格。在童年阶段的学习中，看到外国人的全名是较为罕见的。这是一篇带有插图的课文，图中站立着两个人。并且，"蒂"字在课文中是注了音的。但为什么只记住了罗丹，而将茨威格忘得一干二净？

这则故事，对茨威格的影响无疑更大！着实是一件"怪事"。

但，说它怪就怪，说不怪也不怪。因为在学课文之前，我，想必包括很多人在内，是听说过罗丹的。并且，他的代表作《思想者》(The Thinker)，人物造型太叫人过目不忘了。为什么这么说？我们见过太多的人在恶搞时摆出"思想者"的 pose，这并非是对异国大师的不敬。因为在茨威格的笔下，记述了法国青年也是这样的"调皮"。全神贯注，是谁在全神贯注？当然是罗丹。尽管受教者是茨威格，但实际上，真正需要消化吸收罗丹精神的是我们这些学课文的小学生。因此，罗丹是当之无愧的重要人物；而茨威格，就变得有些"可有可无"了。如此，就像学了《争吵》却错过了亚米契斯和《爱的教育》一样，课文《全神贯注》中尽管多次提及茨威格，但怎么也回忆不起这么早就"读过"茨威格。

将茨威格的名字转化为一种切实的印象，是高三的时候。那时已决定"艺考"，所以电影是一定要看的。而那段时间出现了一部引发了强烈热议的影片——《一个陌生女人的来信》。因为是"热片"，所以很有可能在未来的考试中有所涉及。因此，但凡参加那几年"艺考"的人，这是一部"必看片"。我是在看过电影之后才知道原作是一个叫茨威格的外国人，并且还不是来自所谓的"主流国家"。那时候真傻，感觉这个作家真了不起，写了一个有滋有味的中国故事；或是他为中国导演"量身定制"。因为当时并不知道，茨威格是一位离世的作家。

又不知过了多久，才知道电影是"取材于"奥地利作家茨威格的同名小说。于是，对这类中西"合力"完成的艺术作品，我在很多时候持恭敬的态度，并感觉这样的作品散发着一种难以琢磨的"神秘"。比方说好听的由弘一法师(李叔同)填词的《送别》,曲调来自美国人约翰·奥德威(John Pond Ordway)。每次听这首歌,确有种难以言表的美妙感、奇妙感、玄妙感。

我很少读小说,因此茨威格的名字不会时常出现在视野中。但也知道,这是一个在欧洲乃至世界近现代文学史和文化史上极富分量的传奇之名。20世纪30年代,茨威格的作品来到中国;改革开放后,更是一度掀起了所谓的"茨威格热";而通过电影《一个陌生女人的来信》,茨威格在一定程度上进入了"寻常百姓家"。精妙的构思、伤感,却带有人性的笔触,甚至作者本人令人不可思议的悲剧性人生结局,加大了后人对他的瞩目程度。因此,对茨威格及其作品的研究,已超越了一般的文学研究范畴,进入到社会文化研究的领域。所以,不知是何种心理在作祟,很多人在行文讲话时不愿再多引尼采、弗洛伊德,而是越来越偏爱茨威格、本雅明(Walter Benjamin),或陀思妥耶夫斯基(Fyodor Dostoyevsky)。

茨威格有着极好的家庭出身,一个不折不扣的"富二代"。但父母并非一般意义上的"暴发户",他们有着极高的文化造诣与艺术修养,属于当时社会中的上层精英。因此,他们对茨威格的影响,也一定不是一切向"钱"看。并且,加之个人秉性和经历等缘故,茨威格反倒有意关照穷人等弱势群体。一次,茨威格在旅馆中的箱子被盗。那是在巴黎,警方很快破案,被偷的东西也就失而复得。依照法国法律,是否起诉需要听从受害人的意见。也就是说,小偷的命运掌握在茨威格手中。打见到小偷第一眼就起了怜悯之心的茨威格,怎么会起诉?于是,出现了一个滑稽、却令人感到动容的场景：茨威格大步走在前面，感动得一把鼻涕一把泪的小偷拎着茨威格的箱子跟在后面，两人一同往旅馆的方向走。

受家庭熏陶，少年时代的茨威格就表现出对艺术的极大兴趣，并凭借天分和日后努力，公开发表了自己的诗歌。那一年，他只有 16 岁；而第一本诗集出版时，也只有 20 岁。6 年后，他成为以只出版高雅作品著称的德国莱比锡岛屿出版社［茨威格最受读者欢迎的作品《人类群星闪耀时》(*Sternstunden der Menschheit*)的早期几版就由这家出版机构出版］的固定作者之一。尽管日后茨威格因小说名扬天下，却是以诗歌创作登上文学舞台。所以，当他日后在巴黎游历，特意去了位于大学区的瓦歇特咖啡馆。那是法国象征派诗人魏尔伦(Paul Verlaine, 茨威格曾翻译过他的作品)时常"出没"的地方。当时，年轻的茨威格为了展示自己的"文艺范儿"，询问哪个位子是魏尔伦曾经坐过的。此外，不知是因为对前辈的敬意，还是想小小的"装"一下，不善饮酒的他点了杯苦艾酒——他不认为那是种好喝的酒。

巴黎，可以说是茨威格最喜欢的城市。在《巴黎，永远焕发青春的城市》一文中，茨威格不加吝啬地呈现对巴黎的爱慕之情。甚至，单看标题，就能显示出一种爱意。他将"去巴黎"看作是送给自己的礼物，并说"谁年轻时在那里生活过一年，他就会一辈子都带着一种莫大的幸福回忆"。茨威格笔下的巴黎，究竟是什么样的；在巴黎游历，带给他哪些特别的感觉？他写道：

倘若你在大街上闲逛，街道两旁的新产品、新面貌会像磁铁似的吸引你，使你眼花缭乱，流连忘返。当你走累了的时候，你可以在上千家咖啡馆中找到一家有平台的地方坐下，在免费提供的纸上写信，一边听小贩们叫卖那些过剩的和滞销的劣等品。尤其是当春暖花开之际，阳光明媚，塞纳河上波光粼粼，林荫道上的树木吐出新绿，年轻的姑娘们每个人都戴着一小束用一个铜币买来的紫罗兰，这时候就很难待在家里或者从街上往回家的路上走。不过，你要想在巴黎生活得心情愉快，也确实不一定非要在春天不可。

这是一段富有"画面感"的描写，没有太多优美动听的词句，却勾勒出了一个美丽的巴黎、热闹的巴黎、浪漫的巴黎。这样的城市，对于"文艺青年"茨威格而言，是积聚素材、寻找灵感的不二之地。这里的历史、文化、艺术，乃至市井小民，让他兴奋，使他羡慕，更带给他思考。所以，这座城市之于茨威格，仿佛一个巨大的人文课堂；而他受益于这座城市的，不单是美景、氛围，更是生活在这里的人。

他们是一些什么样的人？文化巨擘与人性楷模。而茨威格在巴黎，恰恰有幸结识了他们。也许正是因为良师益友的存在，才让茨威格真正感慨这座城市"永远焕发青春。"

课文《全神贯注》中的开篇一句为："法国大雕塑家罗丹邀请奥地利作家斯蒂芬·茨威格到他家里做客。"这是一件历史上真实发生过的事，在《巴黎，永远焕发青春的城市》一文中有较为详尽的记载。在这篇文章中，茨威格讲到了多位在巴黎相知、相遇、相识的文化界知名人士，罗丹是其中一位。在这位雕塑家之前，给茨威格留下深刻印象的是里尔克（Rainer Maria Rilke）。对于这位奥地利诗人的作品和人品，茨威格近乎到了迷恋的程度。

首先，他在里尔克的名字前加上"尊贵"二字。这是荣誉，更是敬意。而在茨威格看来，里尔克的诗作是"专心致志抒情的"，这在"动荡不堪"和"普遍惊慌失措"的时代极为难得。而对于里尔克的人格魅力，茨威格这样说：

不论里尔克走到哪里或在哪里驻足，在他周围就会产生某种安谧的气氛。

在茨威格的眼中，里尔克是一个真正的绅士：他相貌端庄，为人谦和，注重礼节和仪表。他对生活充满热情，将个人生活打理得井井有条。在茨威格看来，里尔克做事相当细致，甚至自己"不敢"插手帮忙。一件小事给他留下了深刻印象：一次，茨威格将一本书借给里尔克。后者归还时，竟给书包了一个精致的缎面书皮，还系了一条彩带，像一份珍贵的礼物，使自己受宠若惊。

这样的城市，这样城市中这样的人，让年轻的茨威格受益良多，感慨无限。里尔克是他的"同龄榜样"；而罗丹，则是他敬慕的"长者偶像"。

同罗丹的交往，被他称作"一生具有决定性意义的教益"。法语诗人、剧作家、文艺评论家维尔哈伦（Emile Verhaeren）是这段友谊的连接者。他是比利时人，于20世纪初移居巴黎，所以在茨威格面前是个"巴黎通"。他的年龄比茨威格大许多，所以在很多事情上给予了他家人般的照料。而课文的讲述，大体是不差的。只不过，茨威格应该不会说出"喂！亲爱的朋友，你怎么啦？我还在屋子里呢！"这样的话。因为那时茨威格只不过是二十几岁的年轻人，罗丹已是 60 多岁的老者了。所以，基于茨威格的家教背景及他一向对艺术工作者充满敬意，是不会这样表达的。事实应该是这样：

当他要关上房门的时候，他发现了我，而且几乎是恼怒地望着我，好像在说：这个年轻的陌生人是谁呀？怎么偷偷地溜进了他的创作室？但是他随即又记了起来，并且几乎有点不好意思地向我走来。"对不起，先生。"他开始说道。可是，我只是感激地握住他的一只手，我甚至想亲吻这只手。因为我在那一小时之内看到了一切伟大的艺术的永恒的秘密，即看到了世间任何一种艺术创作的秘诀：全神贯注……

赞美他人，发现他人的闪光点，从他人身上汲取力量，是茨威格的一大优势。他是一个极具"孩子气"的人，一旦赞美起他人，总有种"刹不住车"的感觉。除里尔克和罗丹外，他还赞美过法国翻译家巴扎尔热特（Léon Bazalgette）、大作家罗曼·罗兰（Romain Rolland）等。很多时候，人们很难理解，茨威格怎么就会对友人有着如此清晰的认识，怎么就能唤起他如此高的赞美热情？读着他对朋友的赞美之词，很难判断出谁跟他的关系最密切。他说过：

我拥有这样一种友谊。其中，我和莱昂·巴尔扎热特的友谊最为深厚。

但他还说过：

除了我和弗洛伊德与维尔哈伦的友谊以外，我和罗曼·罗兰的友谊是我一生中收益最多的友谊……

很多时候，感觉茨威格的文字仿佛出自小孩之手。这不是一种讽刺，熟谙艺术创作的人懂得这句话的真谛。茨威格自己也说：

到了别人早已结婚、有孩子和有重要身份并且不得不集中精力进行奋斗的年纪，我却还始终把自己看作是一个年轻人、一个初学者、一个在自己面前尚有许多充裕时间的起步者，迟迟不为自己做出某种意义上的最后决定。

这是一段非常重要的表述，甚至可以在一定程度上解答为什么会有很多人着迷于茨威格。他有着大多数人渴望得到却难以得到的一种生活：谁都想在心态上处于年轻的阶段，谁都想始终做一个"起步者"，谁都知道"最后之决定"十分难做……但，茨威格恰恰没有考虑这些。这样的"放松"，直接映射到他的创作。茨威格不是太在意稿费，所以他的文字清新、自我，充满新意。而没有"最后的决定"，使他既是作家，又是反战斗士，同时还是有政治主见的人。

艺术家,总给人高高在上的神秘。所以,艺术家的交往,是"圈外人"急不可待地窥视内容。茨威格善交际,甚至让人感到一种"交际癖"的存在。他的"朋友圈"可谓广得出奇,除上面提到的艺术家外，还结识了李斯特（Franz Liszt）的女儿、尼采（Friedrich Wilhelm Nietzsche）的妹妹、赫尔岑（Alexander Herzen）的女儿，以及诺贝尔（Alfred Bernhard Nobel）的助手、诺贝尔奖的重要奠基人、奥地利女作家苏特纳（Bertha von Suttner）……茨威格一生好学。在他看来，这是犹太人的一种内在品性。学习，是他交友的动力源之一。与他人交往，茨威格看重的是交往的内容和质量。他从友人那里获益，更会给予他人力所能及的帮助。例如曾为高尔基能获诺贝尔文学奖不辞辛苦地工作。茨威格渴望质朴、纯真的友谊，渴望从人与人真实的情感中洞察艺术的真实。因此，对"排场"显得格外不适。他喜欢巴黎，也是钟情、留恋于这里的交际生态：

晚上朋友们聚会的时候，招待都很简单，因而显得更加亲切。大家围着一张上面马马虎虎铺了块花格子台布的桌子，坐在廉价的草编椅子上。房间里的陈设并不比同一层楼里的那个装配工阔气，然而大家都觉得自由自在、无拘无束。

以至于，他不大适应伦敦雅集的"富丽堂皇"：

叶芝的那次朗诵会是我有生以来第一次参加的"像演戏似的"诗人的自诵活动。虽然我非常喜爱他的作品，但我抱着一点怀疑的心情反对这种祭礼式的崇拜行为。

总的来看，茨威格的头脑始终充满理智。但为何这样一个清醒、聪睿、富有且勤奋的人会在南美大陆无声无息结束自己的生命呢？

茨威格早年的生活充满诗意，后来，犹太身份使他走上了流亡的道路。尽管他能够坦然看待自己的流亡生涯，并获得英国护照，拿到巴西的长期签证安居于南美大陆。但真实的苦楚，可能只深藏在流亡者自己的心底。同时，茨威格既经历了"一战"前所谓欧洲发展的"黄金时期"，又看到了两次大战对文明和生命的任意践踏与摧残。这样的对比，带给他强烈的内心冲击，使他开始对很多固有的美好产生了怀疑：国家对财富变得越来越贪婪，反战者的作品（战争期间茨威格写过反战主题的作品）起不到丝毫作用，人类命运共同体〔在茨威格的意识中，有一种"共同体"的观念，算是他的一种政治见解，这一点受罗曼·罗兰的《约翰·克利斯朵夫》（Jean-Christophe）的影响很大〕的形成更是遥遥无期……昨日世界的美好已化作永久的回忆，今日世界嗅不到和平的气息。尽管战争终会结束，社会的一切仍会向前发展，但这样的繁荣，也一定带有虚假，并且也只是昙花一现吧？他在回忆录的序言中写道：

没有一片可以逃遁的土地，没有一种可以用钱买得到的安宁。命运之手会随时地把我们攫取，把我们拽到它永不知足的戏弄之中。

所以，61岁时，名声响彻文坛的茨威格不带遗憾、清醒，且没有太多悲哀地结束了自己的一生。

"两个铁球"的背后

在学《两个铁球同时落地》以前，我们接触过以自然科学为主题的课文。之后当然也有一些。但四年级下学期的《两个铁球同时落地》，却有着异乎寻常的分量。这篇课文提到了两位欧洲不同时期的先哲——古希腊的亚里士多德和意大利的伽利略（Galileo Galilei）。文中记载的"事件"，背后呈现的是一幅广阔的科学史、文化史图景。而图景背后，蕴含的是无尽的思考。

尽管亚里士多德早于伽利略一千多年登上历史舞台，但在中国孩子间，伽利略的名气好像更大。在没学课文之前，我是知道伽利略的，但不知谁是亚里士多德。知道伽利略，是因为之前在类似于"科学家故事"这样的童书上读到过他。那本书或许也讲到了亚里士多德，甚至也（草草）读了亚里士多德的故事。如果这样还是没有记住他，只能说亚里士多德的"事迹"不如伽利略的有趣了。

在中国，伽利略时常以这样的"形象"出现：善动脑、勤动手。这样的品质，是大人渴望孩子具有的。因此，长久以来，伽利略在中国的"本职"仿佛是教育广大少年儿童:他的"励志传奇"被书商看中，绘成一个个或真或假，或真假参半的故事;他的大幅画像也悬在中小学教学楼走廊的墙壁上，尽管真正停下来注视的人不多，但在学课文之前，伽利略绝不是"生人"。

这是一篇涉及自然科学的课文，但并没有揭示太多科技的奥妙，因此更像是一段科学技术史的复盘。有时候，这比对"纯科学"的介绍更富价值。因为说"史"，往往会牵出"思想"；对思想的认知，会让我们更有头脑。课文的主旨，意在学习伽利略不迷信权威，大胆追求真理的精神。虽然现存的史料还无法证明伽利略曾在比萨斜塔上做了这个实验，但这个"美丽谎言"的背后，还是有值得后人去深挖的东西。

伽利略是"文艺复兴"时期的杰出人物。尽管早期也是亚里士多德的追随者，但随着阅读量的增大、思考的加深、分析问题能力的增强，以及社会环境的改变，伽利略对亚里士多德的学说产生了质疑。不过，当时亚里士多德的思想是教会的正统思想，怀疑、反对亚里士多德，无异于将矛头对准了教会，这自然是十分危险的。而尽管"文艺复兴"带来了思想解放，促进了科技进步，但还远达不到为所欲为的程度。1629 年，伽利略完成了《关于托勒密和哥白尼两大世界体系的对话》(*Dialogue Concerning the Two Chief World Systems : Ptolemaic and Copernican*)，并于 1632 年出版。但由于亚里士多德是"地心说"的维护者，受保守人士的"撺掇"加上教皇的多疑，教会决定审判伽利略。该书出版的次年，年近七旬的伽利略从佛罗伦萨到罗马受审，结果是"禁书""入狱"。但在这桩案件上，教会表现出了相对的仁慈：伽利略并没有进入罗马的监狱，只是被拘禁在了佛罗伦萨的乡间别墅里。

伽利略是温度计的发明者，也是将望远镜用于科学研究的第一人。加之"两个铁球"实验的著名,使很多人相信他是"实验科学"的开创者。暂且不论这样的定位是否准确,"文艺复兴"的思想活跃、人才辈出,一定存在一个漫长的潜伏期。思想、文化、技术等领域的熠熠生辉,不会是简单的一蹴而就。不过,在之前的学习与阅读中,时常是这样的印象:中世纪的欧洲同"黑暗"画等号,当时间来到"文艺复兴"应该发生的那一刻,一切变得光明了。这种对待历史的态度,自然十分遗憾——它会引导人们将某段历史看得太糟糕,或想象得过于完美。这样,历史的公允性很难再有生存空间。而没有了公允,相当于蒙蔽了双眼,无法看得清、认得深。所以,以"文艺复兴"为例,后人既要看到这不是一个阴云散尽的时期,也要看到所谓的中世纪并非没有一点人性的曙光。

实际上,"文艺复兴"之前欧洲社会的变化,例如法律革命、大学的创办、行业协会的出现、公共空间的诞生等,不但强化着人们的现代意识,为"文艺复兴"这样的社会运动提供了诸多准备,也是欧洲从此在多方面领先世界的必要条件。而这一时期的某些人物,所做的工作已显示出一种跨越时代的非典型。例如英国人罗杰·培根(Roger Bacon),正是一位反对经院哲学,主张实验的具有现代眼光的科学家。尽管受时代所限,他亲手做的实验不多,但对实验的态度,却是明晰的。他曾说:"有一种科学,比其他科学都完善,要证明其他科学,就需要它,那便是实验科学。"和培根相比,伽利略有机会且一定亲手做了更多的实验,也取得了相应成就,并奠定其在历史上的功勋地位,因此将他称之为实验科学的"先驱"并不为过。但,人们也不应忘记培根这样的"前驱"。英国科学史家丹皮尔（William Cecil Dampier）这样评价自己的同胞：他是实验时代的真正先锋，索默塞特、牛津与英国有了他是很可以自豪的。

中世纪末对"现代""文明"的酝酿产生了"文艺复兴"，"文艺复兴"带来了人文主义运动，而人文主义则加速着人们的思想解放，促进着科学技术的发展。这一切，让欧洲"回到"欧洲，成为时至今日在诸多方面令人着迷的一个大陆。在公元前的若干岁月，中国和古希腊几乎同时诞生了影响后世的先贤。但为何在公元 1500 年左右，欧洲又一次在多领域先驱辈出，而中国，却很少再出现为后人铭记的"大家"？所以，尽管伽利略不一定在比萨斜塔上做了这个实验，但伽利略"们"的出现，本身就值得思考。说到这儿，想必很多人意识到了什么。不错，这篇课文的背后，隐藏着一个科技史上的重要命题——撰写了《中国科学技术史》（Science and Civilization in China）的李约瑟（Joseph Terence Montgomery Needham）发出的疑问，也就是著名的"李约瑟之问"。因此，当我们向伽利略学习的同时，也要不失时机地回望同时代的中国。

20 世纪 40 年代，李约瑟来华。他看到的，一面是古代中国在科技、文化上的成就，例如都江堰、敦煌壁画等；另一面，则是这个对人类文明作出巨大贡献的古老国度，从"鸦片战争"起，已处在水深火热中达百年之久。在当时很多西方人看来，中国是落后的。但通过调查走访，和中国的同行攀谈，李得出的结论是中国从"近代"开始逐渐落后。在他看来，公元前 1 世纪到 16 世纪，中国处在领先的水平。但也是在 16 世纪，"文艺复兴"运动达到顶峰。"文艺复兴"开启了欧洲近代化的历程，使欧洲在未来的几百年间领先世界。而这时的中国经历了什么，为什么中国在16世纪左右开始落伍了？

举个例子。前面讲到，欧洲在"文艺复兴"前就已出现近代大学，并且是自主自制的机构。但中国所谓的"高等教育"场所，是受政府严格控制的书院。同时，大部分书院的办学目的很明确——应对科举。所以，不少书院无形中成了"科举培训班"。考前人声鼎沸、一座难求，考试结束立马冷冷清清。而为了应对考试，书院常常只教授与考试相关的"文科"——自然科学的知识由此失去了生存的土壤。

还有一点值得注意。虽然16世纪后，中国科学技术的发展在整体上是艰难的，甚至是停滞的，但不排除在某些具体领域，出现过发明与创新。但，由于这些"发明家""革新者"可能就是一般工匠，或普通百姓，因此他们的成绩很难被重视，更难有机会受邀成为政府的"技术官员"——中国不存在这样的做官路径。而相应的"路径",决定了古代中国的各级官员往往是"文科"出身。他们不懂得自然科学，怎么会意识到自然科学的重要，从而领导百姓和国家走上发展科技的道路？直到清末出现了"洋务派"，这样的情形才稍稍有了改变。

其实，古代中国的最高统治者并非与自然科学没有一点交集。他们可以不关心数学、物理，但不会不关心天文。但关心的原因却愚昧得让人发笑——根据天象判断"天意"，以便查证自身（中国人的宇宙观：上天等同于君王）的不足，甚至关涉治国方略。因此，天文台一般不会远离皇宫；而一旦发现异常，天文台的官员会事不宜迟地向皇帝奏"密折"。所以，同是天文领域，伽利略用望远镜证实了哥白尼学说（"日心说"）的合理性；中国的皇帝却用天文台完成着带有迷信色彩的精神仪式。

《两个铁球同时落地》是一篇鼓励"质疑"的课文。文的开篇也讲到伽利略在上学时被同学称为"辩论家"。我们也清楚，"质疑""辩论"对于科学的发展意味着什么。但实际上，在儒家思想中，辩论是不被提倡的，因为儒家知识分子（希望）将"忍"和"让"作为某些方面行事的指南。这背后，是"礼"的观念在起主导作用。有史料记载，伽利略是个极有表现欲的人，有时会显得倔强，甚至对他人进行讽刺。这在儒家知识分子看来，绝对有失体统。所以，怀疑不是中国人一以贯之的作风，这样，也就不存在辩论的传统。缺少"怀疑精神"和"辩论传统"，无论是对"温故"，还是"知新"，都没有太大的帮助：一方面难以做到去伪存真；另一方面，不懂得怀疑，"羞于"同他人擦出智慧的火花，就已经限制对新事物的认知了。

以上寥寥几言，当然不是全面而深刻的解释，因为我的确没有这样的能力。这寥寥几言，可视作探寻"两个铁球"背后秘密的"读书笔记"。即便如此，敲下这些文字，心情也是复杂的，甚至是沉重的。初中、高中，学习中国的历史，对"由盛转衰"这个词不陌生。区区四个字，随着年龄的增长和阅历的增加，愈发感到它们不是"考点""答案"，而是裹藏着巨大动能的情感集合。这样的感悟，是历史的"在场"与参与，及一种不加修饰的家国情怀。

小站·火车

　　小学课文有不少是游记，以自然风光居多。但当时，没有太多"旅游"的意识，所以即便是"美"的景点，对我们的吸引力也不是太大。而当时的诸多条件，也决定了很难由某篇课文爱上一个地方，更没有什么"说走就走的旅行"。所以，游记课文的篇名还记得一些，但细节，并没有太深的印象。不过，有一篇却是例外——五年级上学期的首课，当代著名散文家袁鹰的《小站》。

　　当时，五年级，课本有了一重要变化——课文正文部分不再是楷体，而成了宋体。但学习之时没有注意这一变化，就像没有意识到从三年级上学期的第五单元起，课本中的文字不再注音一样。不注音，是大势所趋；但从楷体变为宋体，现在想想，是一种"无声的"严肃。

　　严格来讲，《小站》不能算一篇游记。并且，如果看罢《小站》的原文，会发觉这是一歌颂铁路事业、一线职工的散文。但，这确实是一篇写于旅行中的文章——"1961 年京包路上"。并且更因为，火车站、火车，很多时候构成了旅行的起点。

　　为什么会对这篇课文有着较深印象？因为家庭成员中的一部分是 20 世纪 80 年代初从哈尔滨迁徙而来。她们看到课文，读过

119

课文，产生了一种亲切感，告诉我东北有好多这样的"小站"，还饶有兴致说了几个站名。因感到现实原型的存在，所以加深了对课文的印象。并且，长久以来，我认为这座小站就位于黑龙江（省）。这是一篇"看图学文"，插图上站的名字清晰可见——"松岭"。这也是一极具"黑龙江特色"的名字："松"，"松嫩"、松花江；"岭"，大兴安岭、小兴安岭……于是更加坚信这座小站位于黑龙江（省）。但事实并不是这样：现实中确实有一座"松岭站"，但位于吉林省白山市。不过，这座松岭站是否为课文的原型，目前没有找到确切资料。也许是作者行驶在京包线时想起了曾经路过的小站松岭；也许图画中的松岭是一座虚构的小站。

因家中有人"亲历"过小站，所以对课文《小站》也有了一种别样感受。火车站，无论是大站、中等站，还是小站，既是建筑，也是铁路网络的构成要素。所以，对火车站的理解，是对"一个"事物的理解，也是对"一类"事物、现象的认知。这里的"类"，应该就是由铁路、火车衍生出的"铁路文化""火车文化"吧？对课文《小站》印象的一步步加深，实质是文化的动因在产生影响。但，首先要知道这种"文化"的存在。

铁路／火车文化的产生，有一点是不能忽视的——服务对象的普遍性与广泛性。飞机也是交通工具，也有"航空迷""航空文化""飞机文化"。但，乘坐飞机者毕竟是少数，飞机和机场作为空间，所包含群体的类的差异相较于火车和火车站，是没法可比的。所以，火车和火车站是一个更大的"场"，孕育的文化自然更深厚、生动。而火车、火车站作为具体的事物，相较于飞机、机场，无疑更粗犷、"家常"，有着更强的可接近性。

　　中国是一个铁路大国，火车可谓中国人最熟悉的交通工具。不少人人生中的第一次出行就是"坐火车"。1990年，我平生第一次离开德州，所乘交通工具就是火车，目的地是省城济南，一百多公里的距离，晃荡了两个小时左右。火车上的三件事我至今记得清楚：一是我们座位附近有两个金发碧眼的外国女郎。她们能察觉到周围乘客在偷偷看自己，但表现依旧淡定。二是她们买了份一般人舍不得吃的盒饭，但不知是因为吃不惯还是怎样，将盒饭中的鱼送给了就近一位乘客的猫——不可思议的"画面"：今天，在火车中看到老外不稀奇，但应该不会再见到这样有一定体积的动物了吧？第三件事，我发现那两位女郎在车厢的连接处抽烟——第一次见到抽烟的女人。局促的车厢，短暂的行程，如此的"开眼"……足以见得，火车不是冷冰冰的交通工具，而是一个带有温度的"活体"。

　　之后，1992年的天津行，也是乘坐火车。天津站下车后，偶遇涂装漂亮的"双层车"。很后悔，没留张影。2008年，第一次乘坐双层车。知道了它只是外表迷人，舒适度不及普通的新空调车。1998年，从大连经烟台回德州，因票源紧张，只能享受软卧的"尊贵"。老一辈人常讲，很长一段时间，坐软卧、飞机需要介绍信之类的公文：不够级别不能坐、非特殊情况不能坐……所以，就用"享受"一词吧！但，第一次走进硬卧车厢，已经是21世纪的事了。那是2004年春节后从上海回德州。也是那一次，第一次在餐车用餐。要知道，2004年，距"动车组"开行的2007年已经很近了。

　　1998年秋天学课文的时候，乘火车的次数寥寥无几。学习之后的很长时间内，坐火车的经历也不是很多。繁重的学习任务和沉重的升学压力，无论是否有把握考上理想中的高中、大学，中国孩子大都老老实实待在家，行走在家／宿舍和学校／教室的两点一线。所以，当"李雷和韩梅梅"版本的初中英语教材讲到 Jim Green 一家前往 Mount Emei 旅行时，我们的第一反应不是羡慕，而是"不用上学吗""不写作业吗"这样既幼稚又不幼稚的疑惑。

但，不出门，不意味着没有一点了解外部世界的机会。即便是不怎么阅读的孩子，小学的社会课、中学的地理课，弥补了一颗颗被固住的心。但这种"补偿"不见得针对每一个学生，但更应该这样说，不是每个人都需要这种补偿。因为大多数人将地理单纯看作一个科目、一门考试，而不是突破内心、放飞自我的媒介。所以，当学到初中地理的一个知识难点——中国铁路网时，不少人因"背不过"铁路线上的重点城市、枢纽城市着急落泪；只有少数人因听到路线名、城市名，迸发一腔热血，热泪盈眶。如果一个人对"外面的世界"有着先天的向往，地理等科目的学习增强着向往的程度。但日常的关注与积累，才是"向往"最切实的表现。即便没有太多"走出去"的机会，却能够将"走出去"的"理论"当作暖心的爱好和真诚的伙伴。

我在德州的家，可以说位于铁路边上。在德州站乘火车南下，或从南面坐火车回德，进站前，会看到院中的房子。以前，城市中没有那么嘈杂，汽笛声、车轮同铁轨的摩擦声，清晰入耳。尤其是夜间，火车声、厂区车间的气锤声，（如今厂区已搬离）可谓两首安眠的音乐。两支"曲子"有时"独奏"，有时"合奏"。很长一段时间，没有它们，很难入睡。我知道，很多人不愿住在铁道周边。但我却渴望这样的房子：火车制造的一切声响，排挤了生活的寂寞；如果再能亲睹火车从眼前驶过，那一刻，精神和灵魂，也会随着火车的行驶而徜徉。

还是德州的家，向南不到一公里，是木材公司的货场。一条专属铁路，横跨多条街道。每每有货车进场作业，黑白相间的横杆便会被看守铁道口的老人吃力地放下，破旧的喇叭随之传出一阵极具时代感的声音："火车通过，注意安全。"货车的行进速度很慢，有时进场后还要立马出场，所以等待更长。即便是短暂的几分钟，也有人表现出急躁，想掉头"另辟蹊径"。这时，老人会轻言慢语地说："再等几分钟就过去了，等转到另一个口，这边也放行了。"急躁的人八成会听从他的建议，但急躁是去不掉的：车过去了，老人还未将杆子归位，很多人已钻杆而过。看到这样的人，老人无不"遗憾"地说："哎呀，就这么一会儿，等不了吗？"

如果遇到这样的"过街"，我会蹭到最前面，不是想在起杆后第一个通过，而是想注视火车，注视道口的一切：火车来了，标志性的"哐当哐当"的声音。看着每一节车厢，看着车厢上只有工作人员和"铁迷"才能读懂的符码……货车的行进速度真的很慢，一分钟、两分钟；五分钟、十分钟……有时突然停下，却又往相反方向行驶。这时，等候人群中一定会发出阵阵叹息。不过，我能接受这样的"折磨"，甚至沉醉在这样的"折磨"中。如果说运输木材的货车是城市的精神，当然是夸大其词，但它绝对称得上是城市的一道别样风景。火车穿城而过，有时真的是趋向同质化的城市最后的别样味道——不仅是城市中的铁路、火车，还有锈迹斑驳的警示牌、黑白相间的栏杆，甚至是看守道口老头儿居住的木脊的烧蜂窝煤炉子的小平房。它们因铁路和火车而存在，从而带上了厚重、神圣的标签。所以，在不少人看来，北京不能没有"五道口"；而什么是真正的"五道口生活"？可能就是一次次等待火车经过的消磨。但客车是疾速的，所以，"快"，是五道口的节奏。

2006 年上大学后，坐火车的次数开始慢慢增加，尽管地点是距德州不过两百公里的石家庄，但这是一座著名的"铁路城市"。不得不说，石家庄的几年，让我对铁路、火车有了一个深的认知。学校位于市郊，有一两趟公交车往返于市区与学校间，公交车在市区的终点是火车站。"进城"，往往在火车站下车，吃饭、逛街，或干别的什么事情，常要经过站前广场。进出站的人流，接二连三的列车信息广播，在"进城"的时候，并不是特别显眼、入耳。但当夜幕降临，准备"离城"时，人流、广播，成了令我瞩目的意象：位于京广线且很容易转到陇海线上的石家庄，可以到达很多地方，并且很多是十分想去的地方。白天的列车大多从南方、西北驶来，终点多是北京，因此没有太多蠢蠢欲动的感觉；傍晚的则多是从北京始发，终点为南方、西北的城市。这些城市，多数我不曾到过；而位于京沪线上的德州，直达南方、西北有太多的不便。所以，这样的城市无论大小，都是遥远的、神秘的，并且在这些城市中，有着太多老早就吸引我的东西。同时，傍晚时分，又是幻想集中闪现的时刻……但，没有办法做到"说走就走"。所以，穿城火车阻碍前行的路不是思想上的干扰，远行列车在眼前却无法轻易踏上，或多或少有些煎熬。

火车的车次，对我来说不是"数字"，或"字母＋数字"的简单存在，而是一种视野、知识、梦想。那时还没有智能手机，却有了"列车时刻表"的软件，这就是我的"手游"。晚上，宿舍熄灯后，打开软件，在"按车次查询"中随意输入数字，等待相应车次的出现。手机的运行速率没有那么快，等待的过程，还有小小的紧张：渴望知道得更多，眼界更加开阔。但这之后，往往是想走却难走矛盾的加深。终于，2008 年春天，忍不住了，豁出去，买了前往武昌的硬座票。而武昌、汉口，也因是站名，显得更加历史、沧桑、高贵。有时，不前往，也是"不敢"前往。

2012 年，前往南宁读研。路途遥远，首选飞机，但也乘过火车。列车过了桂林，往京广线上靠拢，陆续经过一些"时刻表"上的城市，也是我在幼年阅读时就知道的城市。所以，我说，很多次，几乎是含着眼泪"回来的"。"懂"的人，会懂这句话的真谛。

多年前，德州还有始发终到的列车，往返于德州与石家庄的就是其中一趟。单看车次，就知道它有多慢了。起初，车次为7065／6；后来变更为6401／2；再后来，就不存在了。我有幸坐了最后一趟 7066，车票还保留了一段时间，但没有一直留下去。石德线上的车好像都不快，这趟"慢上加慢"的原因在于，停靠太多的小站，比如王家井、清凉店、贡家台，而龙华、前磨头等，就算是这趟车的"大站"了。有段时间，我常坐这趟车回德。晚六点半左右发车，即便是夏天，一个多小时后，天也会慢慢黑下去，但这时只走了整个行程的四分之一，更多的小站还没有现身。小站站房的出现没有什么征兆。很多时候，车窗外还是田地、厂房，列车便突然减速、进站。除站台上零星的灯光，周围再无光亮。我很疑惑，在小站下车的旅客，出站后将如何抵达最终的目的地？

所以，大站给人幻想，小站呢？同样会让人动脑。并且，无论是石德线上的小站，还是途经过的其他小站。但凡看到印着站名的石牌、低矮紧凑的站房，无论是否停靠，时常会想到课文《小站》。我想，这也是不少人的一种"下意识"。

这趟车驶出德州站后，驶上石德线，就有一个小站——八里庄。这个过程也就十几分钟，所以不好判断站址位于山东还是河北。（从邮编看属于河北）在这趟车还停靠八里庄的时候，我查到德州到八里庄的票价是一块五，心想，会不会是全国最便宜的火车票？于是，一次晚间抵德，买返程票的同时，花了一块五买了张到八里庄的票。当然不是为了乘车，而是留作"纪念"。并且，万一这真是全国最便宜的火车票，未来这趟车一旦取消，岂不是可以"大赚一笔"。我告诉售票员要一张到八里庄的票，售票员自言自语道：八里庄啊！但后来的事是：这趟车取消了八里庄站；这趟车被取消；有可能"致富"的车票不知去向。此事以及留存7066次车票一事，证实了两点：第一，起码那时，我的"收藏"意识太薄弱；第二，那时，我游走在"铁迷"与"非铁迷"之间。

小站是记忆中的，也是现实中的。但现实中的小站面临着一个"现实问题"——小站的消失。与小站消失相随的，是小站的"标配"——"绿皮车"渐渐离开人们的视线。往返德州和石家庄间的慢车停了不少小站，但也能看到沿线不少废弃的车站。小站不起眼，但是太多的人认识世界的"第三只眼"，例如铁凝的小说《哦，香雪》（也有同名电影）。"绿皮车"不舒适，却有着"一代人"出行的最初记忆。因此，当小站即将关闭、"绿皮车"即将停运的消息成为"新闻"，小站成为旅游景点、乘坐"绿皮车"变成一种难得的体验，越来越多的铁路遗存成为文保单位时，意味着一个时代的大幕即将落下。小站不在，"绿皮车"不在，实际是一种"感觉"的不在，一段岁月的不在。就像一个球迷希望他的偶像永远驰骋在球场上：球星在，他就不老。所以，同车站、"绿皮车"留影，珍藏"最后的"车票，无疑是想抓住一个时代的某些"最后印记"，宣告自己存在过，并长久存在下去。

火烧云的"密码"

　　重读《火烧云》，起初是想谈谈关于"背诵课文"。动笔写的作业再多也不怕，因为总有写完的那一刻。但如果课后练习的最后一题是"背诵课文"，就比较麻烦了——没有办法掌控时间。尤其是有些课文需背诵全文，更是"绝望"。《火烧云》就是这样一篇课文，并且，还不是一篇篇幅很短的课文。小学阶段的语文，让我怵头的有二：一是写作文，二是背课文。但在重读时，课文的"预习"部分还未读完，决定改变写作的方向。因为在"预习"中读到了一个既熟悉又陌生的名字——萧红（1911 — 1942）。

　　为什么是"既熟悉又陌生"？萧红的名字，我是熟悉的，但，对她的生平及作品，又是缺乏了解的。再回到课本，我想，作者的名字出现在"预习"中，应该是编者有意识希望我们通过课文知道、了解萧红。否则，她的名字出现在书页底部就可以了："本文作者是萧红"。并且，编者在"预习"中额外提到了一点"别的"信息——萧红是一位女作家。这更是个汇聚焦点的信号。很遗憾，起码在小学阶段，我不曾听到过萧红的名字。

　　什么时候、场合首次知道萧红，当然已无法记起。但很多传奇的名字就是这样，总是在一瞬间、无意中"闯入"。隐约记得，萧红是和萧军一起听说的。所以,长久以来,我以为他们是天生的亲戚,比方说兄妹。听到萧红的名字后,很快就知道了她的两部作品——《生死场》(1935年)和《呼兰河传》(1940年),但并不清楚萧军的代表作是什么。《八月的乡村》(1935年),只可说稍稍有些印象。

萧红在中国文学界、文化界,乃至女性群体中的地位,已无须多加阐释。太多的人,是萧红或真或假的仰慕者;她的《生死场》和《呼兰河传》,是中国近现代文学史上两部无法绕去的作品;她短暂的一生,又让多少人哀叹、惋惜、遐想……起初,看到《火烧云》没想到萧红,很明显,是没有读过《呼兰河传》的缘故。

《呼兰河传》,显然是一部"应该"读的作品。同时,"应该"读的书太多太多。重读小学课文也能意识到,"应该"熟悉、了解,却没有熟悉、了解的东西也真是太多太多了。

没读过《呼兰河传》,也没读过《生死场》,但相较于《呼兰河传》,我对《生死场》的内容稍有了解。2012年,我进入一所艺术院校读研。不久,得知"影视与传媒学院"零八本科表演班"毕业大戏"排练的消息。我前往排练场观摩,得知了他们选择的戏目——萧红的《生死场》。

我不只一次去排练场。"毕业大戏"共两场,每场演员不同。两个晚上,我均在现场。即便如此,也无法做到对《生死场》的精读,以至于萧红的本名张廼莹,长久以来都是陌生的。但通过"大戏",也能获得某些薄浅的认知:其一,萧红熟悉的生活环境,真是一片寒冷的区域;其二,萧红身体不好,英年早逝,这是我之前就知道的。但就是这样一个弱女子,内心怎么就装着这股子的刚强,

"女汉子"一般写出一部关于抗争的绝响？

当年 12 月，两场话剧《生死场》看完了。我很"庆幸"，首次接触了萧红的作品。因为我清楚，萧红的作品是"必须"接触的。但，遗憾又产生了：没能将"接触"变成"深入"。

萧红的名字再次"回归"，是几年之后的事了。大约在 2015 年年末，无意中在电视上看到一纪录片，主题是中国近代名人与青岛。那一集是整部片子的尾声，讲到了青岛的名人故居，我很有兴趣。2016 年年初，正好前往青岛，抽出一整天时间探访分布在老城区的名人故居。那是"小鱼山"一带。因"故居"集中，所以规划为旅游点。冬天，不是青岛的旅游旺季，布满了百年老屋的短街窄巷分外宁静。虽不宽阔，却栽着高大的树木，没有叶子，但也没有孤寂的感觉。一街角处，立着导览图，有些破旧，但也实用。不过，因时间有限，不可能去寻找每一个故居。同时，我对自己的"读图"能力很清楚，所以知道寻找之路定不会顺畅。萧红、萧军的故居是同一座房子，但并不位于"集中区"，所以还有不近的路。但，不可能不去，尽管没有"朝圣"的心态。不得不说，萧红的"名气"，是鼓动我前往的依据。为了去"二萧"的故居，就要舍掉一些其他人的故居了。

青岛是比较靠东的沿海城市。冬天，日落时间比内陆城市还要早。入夜后，气温骤降。在穿梭多条清幽的街巷，上下无数个石质台阶，外加一些"冤枉路"后，来到"二萧"的故居前，天色已暗下去了，冷风也渐渐刮起。当晚，"趁热"用电脑在酒店看了 2014 年上映的萧红的传记电影《黄金时代》。

萧红在青岛的坐标，除故居外，还有一如今已不存在，但 20

世纪 30 年代红极一时的书店——位于广西路的"荒岛书店"。开办于 1932 年的荒岛书店，是青岛的第一家新文化书店。当时，青岛是国立山东大学的所在地，因此聚集着大量的文化名人，老舍等都是书店的常客。所以，荒岛书店也是一个热闹的"文化沙龙"。而正是通过这里，萧红和萧军这对"小小红军"，同常在上海内山书店的鲁迅取得了联络，这是他们人生的转折点。但"小小红军"，在当时极具革命色彩、充满英雄主义的笔名，"文革"时却成了萧军的"罪状"之一——"萧红萧军"＝"'消'红军"。只不过，萧红已不用接受这样的残害了。

因为不是萧红的"粉丝"，甚至不是真正意义上的文学爱好者，所以，还是用"电影"的眼光去看《黄金时代》。对于萧红的生平，之前也没有做太多功课，所以对影片中不少情节并不明晰，看后自然也没有留下太多记忆。尽管写了影评，但这部电影仍没有使我产生找来萧红作品阅读的想法。

但，就在不久前，先买了《呼兰河传》，接着买了《生死场》，并开始搜集一些有关萧红的资料。这一切，始于课文《火烧云》。可见，童年的力量，力大无比。日后诸多"壮举"的源起，可能真要在与童年相关的问题上找动因。

课文《火烧云》是《呼兰河传》首章第八节的开端部分，但经过了一定改动，例如删去了不那么"雅"的俗语土话；把抽象的表达变为形象的叙述；将字数比较少的段落合并等。事实上，在《呼兰河传》中，火烧云不止一次出现。第七章第九节的开篇，同样是火烧云。《呼兰河传》是一部笔触细腻的作品，"火烧云"是作品中众多细腻段落中的一个。而火烧云的"客观条件"，例如颜色、形状、易变，容易诞生细腻的文字；而火烧云的意境——黄昏、落幕、希望……也符合整部作品的气质。

不得不说，《呼兰河传》是一部很"抓人"的作品，无论是对自然环境的细致描写，过往经历的翔实叙述，身边人物多角度的刻画，还是对当时小城闭塞、愚昧和国民心理的批判与讽刺。

作为"东北作家群"的重要代表人物，《呼兰河传》有着鲜明的北国特色。首先还是"冷"。全书开篇，萧红就呈现了一个冰天雪地的世界：房子被大雪封住了，土地被严寒冻裂了，人的手也被冻裂了……"冷"到这般地步，几乎到了灾害的程度，严酷的自然环境，限制着这方土地内人的行动，更是一种思维的禁锢。的确，世居于此的人，日复一日，年复一年，对于"变"，充满了不解和恐惧：他们害怕西医牙科诊所广告上"巨大的"牙齿图片，认为上学读书是一种可笑的"落后"。所以，"不变"，才安心、快乐：生老病死听天由命，童养媳可以"随时"虐待……这就是东北小城呼兰河，萧红出生、成长的地方。

萧红是一位受新思想影响很深的作家，她本身就是反叛精神的实践者——因反对包办婚姻而出逃；萧红也具有先天的作家潜质——极强的观察力、记忆力，及文字的提炼组合能力。小城人非愚即诈的心理、无处不在的封建陋习，被萧红看在眼、记在心，并糅进自己的创作。但作为一名流亡的进步青年，她怀念故土，更沉醉于自己的童年时光，否则不会为小城"作传"。同时，她渴望小城敞开胸怀，拥抱一个崭新的世界，让生活在这里的人摆脱愚昧与陋习的折磨。这也是她为小城作传的原因。萧红对小城充满了爱，这是她的故乡，是她最熟悉的一片天地；但也有一点

点的"恨",表现出一种"恨铁不成钢"。所以,她才讽刺他们:

因为老胡家跳神跳得花样新翻,是自古也没有这样跳的,打破了跳神的纪录了,给跳神开了个新纪元。

若是患了半身不遂的人,患了瘫病的人,或是大病卧床不起的人,那真是一生的不幸,大家也都为他惋惜,怕是他此生也要孤陋寡闻,因为这样隆重的盛举,他究竟不能够参加。

呼兰河这地方,尽管奇才很多,但到底太闭塞,竟不会办一张报纸,以至于把当地的奇闻妙事都没有记载,任它风散了。("团圆媳妇")

这事情一发生,全院子的人给王大姑娘做论的做论,做传的做传,还有给她做日记的。

自从团圆媳妇死了,院子里似乎寂寞了很长的一个时期,现在虽然不能说十分热闹,但大家总要尽力的吹鼓一番。虽然不跳神大鼓,但也总应该给大家多少开一开心。

于是吹风的,把眼的,跑线的,绝对的不辞辛苦,在飘着白白的大雪的夜里,也就戴着皮帽子,穿着大毡靴,站在冯歪嘴子的窗户外边,在那里蹲守,为的是偷听一点什么消息。若能听到一点点,恐怕针眼那么大一点,也总没白挨冻,好作为第二天的宣传材料。

所以冯歪嘴子那门下开初的几天,竟站着不少的探访员。

这新闻发生的地点,离我家也不过五十步远。可经过探访员们这一探访,事情的本来面目可就大大的两样了。("冯歪嘴子")

这就是呼兰河的人、呼兰河的事。作者幽默的文笔，裹挟着"哀其不幸，怒其不争"。其实，这也是长久以来中国农村、小城中的一群群、一幕幕。这类人的出现，这种事的发生，难道是某个个体的错吗？不过，到萧红思想成熟的年代，她认为，"瓦解"应该开始了，改变必须迅速做出。不仅是呼兰河，全体中国人都应及时找到一条思想新生的路。她意识到，国民思想的强大，是国家强大的重要基础。所以，一段段讽刺，实为一声声号角，催赶愚昧的人看明眼前的实质，从蒙昧走向启蒙。所以，萧军直言萧红的作品缺乏一种"气魄"，显然不是清楚的认识。

萧红的一生很短暂，但足迹却一路南下到了香港，甚至还在1936年只身东渡日本。所以，她短暂的一生，也是漂泊的一生。而萧红的足迹，也是后人常谈不衰的话题。在《呼兰河传》中，她含蓄说出了自己的这一"特性"：

不料除了后园之后，还有更大的地方，我站在街上，不是看什么热闹，不是看那街上的行人车马，而是心里边想：是不是我将来一个人也可以走得很远？

写这段文字的时候，萧红已经"在路上"了。无休止迁徙产生的无助感、"无根"感，让她思乡、怀旧。呼兰河闭塞、愚昧，但那里有她无忧的童年、喜爱的祖父。萧红怀念吃了睡、睡了吃的"后园时光"；怀念里面装着各种各样稀奇古怪玩意，被她称作"探险"地方的黑洞洞的储藏室。但此刻，即便是谣言满天飞的小城，自私自利的小城人，愚昧落后的例如跳大神的"盛举"，甚至是不怎么喜欢她的祖母，也只是久远的回忆了。

自传体的《呼兰河传》，几乎是对往昔生活的一次三百六十度扫描，如此细致、全面，不落一丝一毫，感觉只有在进入一种写作的"痴态"后，才会这样不屈不挠。所以，它是歇斯底里的异样呈现。因此，读起来"抓人"的《呼兰河传》，实际上是作者在宣泄一种苦闷。就像茅盾在写于1946年8月的《＜呼兰河传＞序》中说的那样：

在一九四〇年十二月……她写成了她的最后著作——小说《呼兰河传》，然而即使在那时，萧红的心境已经是寂寞的了。

萧红的苦闷，一方面源自思乡，另一方面是始终找不到一个合适的伴侣。尽管写出了《生死场》这样抗争、决绝的作品，但骨子里，萧红不是个生活上的强者。强大的内心和独立的意识，是萧红所缺乏的。这与她小时的生活环境密切相关。作为女孩，家中人除了祖父，再没人关心她、体贴她。甚至在《呼兰河传》中，隐约记录了祖母对她的"暴行"，例如"针扎手指"、骂祖父时"捎带"自己等。因此，她是一个极度需要爱的人。但无论是早期的陆哲舜、汪恩甲，还是后来的萧军，带给萧红的是"人生苦多乐少"的悲凉。而在顶着巨大压力同端木蕻良在武汉结婚（1938年5月下旬）后，等待她的依旧是失望。所以，她强调"'一个人'走得很远"。并不是所有人都惧怕孤独，萧红恰恰害怕。但越是害怕，孤独越偏偏找到她。萧红曾对友人说：

我总是一个人走路，以前在东北，到了上海后去日本，现在到重庆，都是我自己一个人走路。我好想命定要一个人走路似的……

萧红早早走向死亡，疾病是一方面，但不能说跟长久处在"女人的绝望"中没有一点牵涉。临终前，她的身边除了骆宾基，再无他人。所以，她在孤独中离开人间。

萧红非常不满男女地位的不等。她在《呼兰河传》中写道：

……父亲死了，儿子哭。儿子死了母亲哭。哥哥死了一家全哭。嫂子死了，她的娘家人来哭。

类似于这样的"不着调"，是《呼兰河传》的写作风格，更是一种残酷的写实。

无奈之下，萧红只能"怪罪"自己是一个女人。于是，她无比哀伤地写道：

半生尽遭白眼冷遇，……身先死，不甘，不甘。

临终前的萧红，写下两个"不甘"。这时，她似乎刚毅了，但为时已晚。不过，倘若她一直活下去，等待她的又会是什么？

课堂上的笑声

不知从什么时候起，我有了这样一个习惯：拿到新课本，从头到尾看一遍。虽不十分仔细，但关键细节也能抓个八九不离十。不过，五年级上学期的这一举动，让我带上了巨大的心理包袱。

从第一课起，到十七课，一切都很"正常"。但第十八课——《我的伯父鲁迅先生》，"不正常"的事就发生了。课文中提一本书，对我而言等同于"晴天霹雳"——《小约翰》。

因为我名字的发音同外文名 John 的汉译。所以，长久以来，我的名字就是他人的"笑料"。未成年期间，但凡我的名字在陌生的"朋友圈"中首被提及，一定会招来阵阵大笑，甚至是狂笑。大家彼此熟悉后，对"岳瀚"的笑渐渐消失。但，并不影响他人对"约翰"的笑。不知是几年级，音乐课本里有这样一首歌："还要睡吗，还要睡吗，约翰弟，约翰弟？"课堂的"气氛"可想而知。但当时，学校只有一位音乐老师，无法熟知每个班每个学生的名字，不知道这个班有个"岳瀚"。因此，她只会疑惑：这个班今天怎么了，为什么课堂纪律这么乱？学过这首歌，一向在班里不起眼的"岳瀚"，一时间成了"焦点人物"。那段时间，一些没什么好心眼的同学见了我，会挑衅般说上一句"还要睡吗"。

歌学过去了，一些人"折磨"我的兴致也淡了。不过，放松只是短暂的，因为班长"不解风情"。有段时间，学校规定，下午上课前每个班必须唱歌，还派专人进行检查。音乐课上学的歌，加上动画、影视歌曲，我们掌握的歌其实不少，但班长还组织大家唱《还要睡吗》。学校下令唱歌，应该是预防我们"瞌睡"，实际上无法从根本上解决这一难题。但在我们班，这首歌一唱，可谓点燃了大家当然也包括我在内的兴奋点——别人因为"好玩"；而我，则感到一丝愤慨。有时，好不容易我们班没唱，但别的班的《还要睡吗》传了过来，产生的效果是一样的。所以，那段时间，下午去学校的路上心里默默"祈祷"：班长"大发慈悲"，千万别起《还要睡吗》的头；别的班负责"起头"的长官，忘掉这首歌词不怎么深奥的法国民歌吧！但真是无奈，很长一段时间，无论是我们班还是其他班，《还要睡吗》都是不折不扣的"流行歌曲"。

没办法，只能忍受这样的煎熬。好在，音乐课是"副科"，下午唱歌更是"副业"。尽管有些难为情，但并非完全不能接受。不过，如果是语文课上出现"约翰"，"性质"就全然不同了：语文是"主课"，讲读课文往往会持续若干课时，加上早读、期末复习，语文课本中的"约翰"不知要被反复提多少次。此外，大家对语文课的重视程度明显高于音乐，语文课本中"约翰"的"分量"自然更重。"分量"重，其实就意味着大家笑得更"开心"；意味着我越不好意思。

就是因为这个《小约翰》，使整个五年级的上学期变得十分难耐。

第一课、第二课……一切按部就班地进行。越临近十八课，越是忐忑。这时，距学习《还要睡吗》应该过去了一两年，我的脸皮在变薄。更为关键的，我不能允许关于我的笑话出现在语文课上，所以，甚至计算着学习这一课的日子，干脆找一个什么借口请假。但终归没有这样做，一方面是我"老实"，另一面，请假一个上午，应对不了所有的问题。所以，学习这一课的当天，我还是鼓起勇气，带着一种"悲壮"向学校进发了。

学习的过程很常规。先是大家齐读课文，然后逐句逐段、逐词逐字分析。结束了第三自然段的分析后，老师照例提出由这个自然段引出的问题。第三自然段的问题是"伯父送给了'我'哪两本书"。这个问题一抛出，我的心立刻"凉"了。如果说大家齐读课文，读到《小约翰》时还顾不上，或不敢笑的话，那么只要这个问题一回答……问题提出后最多三秒，老师叫起一位同学。这个问题非常简单，答案就是课文中的一句话。那位同学的回答准确无误：一本是《表》，一本是《小约翰》。随后发生的事，是回答问题的同学率先没有憋住笑，招致全班除了我以外哄堂大笑。再然后，一贯严肃的老师也笑了。而我，虽是微微一笑，但最想的还是瞬间在教室蒸发；或如果地上有道缝儿，我一定努力钻进去，不让任何人看到我。也许是因为班主任的课不能过于放肆，或到了五年级，大家"成熟"了许多，笑声没有持续太长时间。所以，对于我，算是又过了一"关"。

坦率地讲，中国的中小学课堂是十分严肃的，尤其是多年以前。但在严肃的主流外，也偶有笑声。不过，出现在中国中小学课堂上的笑声，有时真的缺乏一种友善。一二年级的时候，每每发单元测验卷，"重磅推出"的都是后几名的学生，一般从"倒数第六"开始。因为我曾得到过并列倒数第六的成绩，所以印象深刻。老师站在讲桌后，喝着名字，令这些学生上前自取。念完名字后，还要"公布"分数，并不忘补上一句"倒数第 ×"。而倒数的名次已被老师用粗粗的红钢笔写在卷头。这时，笑声就已经出现了，还不是太大，但会越来越大，因为"出场"同学的分越来越低、名次越来越靠后。随着离"倒数第一"越来越近，老师放慢了语速，像是让大家更清楚地听到似的。倒数第六到倒数第四，人员不十分不固定;但倒数最后三名，一般没什么"悬念"。然而，老师仍不知疲倦以这样的形式结束考卷发放；而班上的很多同学，也十分"享受"这样的"欢乐"。

低分的学生"上台"，教室里会发出笑声；站起来回答问题的同学将问题答错，或答不上来，如果不是班长等个别人，老师自然不会给予安慰，有时还会"引导"大家"开心一笑"。所以，当时,大家"笑"我的名字,应该算是相对温和和"合理"地笑了。

进入初中后的首次点名，大家因我的名字笑了；来到高中后，首次点名也笑了；高一下学期分了文理班，选择文科的学生组成新班，因此再一次经历点名，大家还是笑了。但不得不说，笑的势头在减弱。高中的《中国历史》有一知识点——"粤汉铁路工人大罢工"。起初我还是紧张的，没想到，"紧张"成了多余——无论是老师讲解，还是同学作答，提到这个知识点，教室里异常平静。我被这样的景象惊住了，反而变得有些"不平静"了。

至于我的名字，还有一"小插曲"。2000 年，我小学毕业，进入的那所初中于 2000 年开始招生，所以，不管对于学生，还是老师，选择这样的新学校，都充满了未知，甚至是冒险。第一节英语课，大家自我介绍。不知为何首先请到了我。当说出"岳瀚"／Yuehan, 老师立即打断了我，接下来的一幕我永远忘不了：她用她那长睫毛的大眼睛直直盯着我，提高了嗓门尖声问出"爸爸是外国人还是妈妈是外国人？"这样的问话，真是有些笑话。但当时的她绝对一本正经。看来，这位老师是带着一种"幻想"来到这座小城的新学校的。如果她碰上的第一个学生就是混血儿，她会无比自豪自己的选择。但很"遗憾"，我说出的是"都不是"三个字——她真的有些落寞。其实，我也替她感到失落。

现在，说说那本让我"闹心"的《小约翰》(*Little Johannes*)吧！鲁迅之所以将这本书推荐给自己的侄女，首先，这是一部他自己翻译的作品。原著是荷兰人拂来特力克·望·霭覃（Frederik Willem van Eeden, 1860 — 1932）。其次，鲁迅很看重这部作品，查阅鲁迅的信件，发现他在不少信中都提到了《小约翰》。荷兰文学在中国见的不多，所以这本书有着特别的意义。鲁迅在日本第一次读到它，但第五章过后，忽然没了下文。于是，他托人向德国订购。三个月后，鲁迅得到了既精美又经济的《小约翰》。他写道：

……价只七十五芬涅，即我们的四角，而且还是布面的！

而鲁迅对《小约翰》的爱，也有相关记载。正是因为爱，才产生了翻译的动机。他在译本的引言中写道：

我也不愿意别人劝我吃他所爱吃的东西，然而我所爱吃的，却往往不自觉地劝人吃。看的东西也一样，《小约翰》即是其一，是自己看爱，又愿意别人也看的书，于是不知不觉，遂有了翻成中文的意思。

的确，自己爱看，也希望别人去看；自己喜欢，也希望别人喜欢，这是读书人的一种天性。

《小约翰》讲了一个怎样的故事，使鲁迅产生了"神往"？这是一个在那时的中国不常见的题材。作者在作品中营造了一个万物有灵的世界。又因霭覃相对独特的学术背景——精神病医生，使叙述的角度始终站在人类精神的高度，并体现着扎实的心理学功底。通过一个小男孩（约翰）的"奇异之旅"，回首人类，特别是工业革命（Industrial Revolution）以来走过的路。其中既肯定了人类的伟大，又毫不掩饰人类贪婪、自私、虚伪等罪恶。这样的观点在成书的 1887 年（一说是 1885 年）具有超前性：发人深省、让人警惕。而善待动物、爱护环境等主题，时至今日仍有着现实的指导价值。

至于《表》，也是鲁迅的译著，原著为苏联人 L. 班台莱耶夫（L.Panteleev，1908 — 1987）。主人公为一流浪儿，通篇流露着新生的苏维埃政权对弱势孩子的关怀。教养院院长菲陀尔·伊凡诺维支、卫生课鲁陀尔夫·凯尔烈支、"黑孩子"米罗诺夫等，无疑不是爱的化身。而在中国，相较于《小约翰》，《表》这类作品自然更接地气。20 世纪 40 年代，时任文华影业公司导演的黄佐临改编了这部作品，并于 1949 年搬上银幕。

书信的价值

自从四年级伊始学了《三味书屋》后，鲁迅的名字对于我们而言就十分熟悉了。一年多以后，学了第一篇由鲁迅"执笔"的课文，也是我们小学阶段学的唯一一篇鲁迅作品。但课文的题目，一定不是出自鲁迅之笔。因为它本就没有题目。教材的编者为它安了一个题目，并因为是放入"小学"的课本中，于是，又一名篇诞生了——《给颜黎民的信》。想不到，第一次在课堂上学鲁迅文章，竟然是一封信——非常规的课文类型。此外，这一单元的两篇讲读课文：一篇的作者是鲁迅，另一篇是许地山。1999年的夏天，刮起了一阵小小的"民国风"。

既然是给"颜黎民"的信，那么颜黎民究竟为何人？课文"预习"部分提到一个词——"青年"。所以，颜黎民就是青年的符号。知道颜黎民是一个青年朋友，鲁迅经常关心、帮助青年朋友就可以了。至于颜黎民的真实身份，不在当时的"研讨"范围内。

鲁迅的书信，据他自己记载，有五千多封，如今只剩五分之一左右，收在《鲁迅全集》中。这里面自然有"给颜黎民的信"，且并非只有一封。入选课本的落款时间为"四月十五日夜"，是两封中的后一封。前一封写于近半月前的四月二日，具体时间同样是"夜"。而就在这一天的白天，鲁迅还给两位浙江的初中二年级学生写了回信——杜和銮和陈佩骐。当时，两位小朋友办了一份名为《鸿爪》的杂志，寄给鲁迅的同时并约稿，还拜鲁迅为师。但为孩子的"安全"着想，（回信的某些细节，印证了鲁迅并不是杞人忧天。据其中一位写信者杜和銮回忆：信中的字是用毛笔写的，但信封上的字却是钢笔书写，并有意换了笔迹。此外，信封上的收信人只有杜一人。寄信人则是"上海何寄"。而鲁迅在1935年年末给一位名叫刘炜明的侨居新加坡的文学爱好者的回信中，表现出一种绝望的苦闷：中国的事情，说起来真是一言难尽……大约凡是主张改革的文章，现在几乎不能发表……今年设立的书报检查处，很有些"文学家"在那里面做官，他们虽然不会做文章，却会禁文章……黑暗之极，无理可说，我有生以来，第一次遇见）鲁迅没有答应。他写道：

官场有不测之威，一样的事情，忽而不要紧，忽而犯大罪。

同时，对这个"师"，鲁迅也"不敢当"。他是这么写的：

以我为师，我是不敢当的，因为我没有东西可以指授，而且约为师弟的风气，我也不赞成。

而信的最后一句，表达着鲁迅对两位年轻人的嘱托。这句话，甚至有"名言警句"的气度：

我们的关系，我想，只要大家都算在文学界上做点事的也就够了。

尽管两个愿望都没有实现，但"回信"，就是最好的鼓励。不过，学校当局可不这么想：事后杜氏受到了严厉处分。

四月，距离鲁迅病逝（1936 年 10 月 19 日）只有六个月左右。要说鲁迅关心有文艺追求的青年人，那绝对是不假的——离世的几天前（十月十五日），抱病在夜间回信给 24 岁的木刻作者曹白。信的尾声是这样：

病还不肯离开我，所以信写得这样了，只好收束。

想必那时，他已十分虚弱。

查阅鲁迅的信件，发现除谈及文学外，最多的艺术门类是木刻。起初很疑惑，为何会有众多的青年木刻作者、艺校主修木刻专业的学生致信鲁迅，向其请教。原来，早在 1917 年 8 月，鲁迅在蔡元培的邀请下完成了北大校徽的设计。1928 年，鲁迅提倡美术革命，并倡导现代木刻运动。1931 年夏，鲁迅在上海创立木刻讲习所，成为中国现代美术史上一具有里程碑意义的事件。1934 年 5 月，由瞿秋白作代序、鲁迅作后记的苏联版画集《引玉集》（鲁迅给颜黎民的第一封回信中提到了《引玉集》，是赠书之一）出版。所以，鲁迅不仅是文学家、思想家、革命家，还是"中国现代木刻之父"。看到鲁迅美术领域的成就，忽然想起一句不陌生的话，出自《从百草园到三味书屋》：

读的书多起来，画的画也多起来；书没有读成，画的成绩却不少了……

这就是鲁迅儿时课堂上著名的"小动作"——"描绣像"。

我目前没有找到颜黎民写给鲁迅的信。但透过鲁迅的回复，对颜信的内容也可知一二。在第一封回信中，鲁迅开篇写道：

我看你的爹爹，人是好的，不过记性差一点。他自己小的时候，一定也是不喜欢关在黑屋子里的，不过后来忘记那时的痛苦了，却来关自己的孩子。

可见，这封于 3 月 27 日寄给鲁迅的信，颜黎民上来先诉苦，控诉父亲的体罚及限制自己的人身自由。但对于这样的"家务事"，作为外人的鲁迅自然不好多言，只能幽默相劝。

颜黎民写信的时候，已是一个成年人，但为何还会受到如此待遇？对于颜黎民的早期背景，并没有太多资料。只知他本名颜邦定，重庆梁平人。不过，他的叔父颜伏，却是个颇有几分传奇色彩的人。颜伏的背景资料是相对详尽的，并且两人不存在太大的年龄差。所以，通过对颜伏身世的考察，或许会窥见颜黎民的成长路径。

颜伏虽出生于一个地主家庭，却是一个勇于冲破封建世俗，追求新思想的人。他很早外出求学。1931 年进入北大哲学系，并在 1933 年加入中国共产党，抗美援朝战争中参加过著名的上甘岭战役。有资料记载，颜黎民深受颜伏思想的影响。鲁迅回信中的"六叔",会不会就是颜伏?颜黎民给鲁迅的第一封信,写于出狱后不久,罪名是"共产嫌疑"。可见,那时他已走上,或准备走上革命的道路。但,父亲可能是守旧的,不见得同意儿子走这样的路,也许是口头劝告无果,也许本就有封建家长作风,对颜黎民施加"暴力"就在所难免了。

当然,这只是笔者的一种猜测,因为事情还有另外一种可能,甚至这种可能性更大。从第二封回信的结尾提到《关于小孩子》(高尔基作,瞿秋白译)看,鲁迅仿佛知道了一些"秘密":颜黎民的哭诉有"套话""暗语"的成分。也就是说,为了避开不必要的麻烦,颜黎民以孩子的口吻给鲁迅写信。在《关于小孩子》中,高尔基提到了一封来信——一个孩子控诉父亲对自己的"暴行"。

但无论实情如何,颜黎民的革命工作没有停歇——北平求学期间加入中国共产党,后在颜伏等人和部门推荐下进入延安"抗大"学习,但不幸在解放战争南麻战役中牺牲,年仅 34 岁。

从两封回信看,颜黎民在信中提到了同一个问题——看什么样的书。可见,这是他最关心的问题。在第一封回信中,鲁迅的答复比较简略:

> 但我的意见,是以为你们不要专门看文学,关于科学的书(自然是写得有趣而容易懂的)以及游记之类,也应该看看的。

而到了第二封,鲁迅对为什么要看自然科学方面的书,以及为什么要看游记,作了较为清晰的阐释。作为课文的信和信的原件没有出入。因此，学过课文的人也许还有一些印象。

同时，第二封信还有一重要的"要点"——电影。鲁迅在回信中说：

> 我不知道你们看不看电影；我是看的，但不看什么"获美""得宝"之类，是看关于菲洲（课文为"非洲"，笔者注，下同）和南北极之类的片子，因为我想自己将来未必到菲洲或南北极去，只好在影片上得到一点见识了。

20世纪30年代，日军全面侵华以前，上海的电影业已十分发达；鲁迅又是个"潮人"，不可能将这门"新艺术"拒之门外。但信中，这不到百字的陈述，无意中成了"中国电影史"中"鲁迅电影思想"的重要组成部分。从这段简短的文字中，电影史家至少"挖出"三方面内容：第一，鲁迅十分关注电影事业；第二，电影不应该单纯重视觉、偏猎奇，还要起到社会教化的作用；第三，电影要提供丰富的知识。鲁迅对电影的这种认识，也是20世纪30年代中国众多具有良知和爱国情怀的知识分子对电影的一致看法。不过，当时哪些片子涉及非洲、南北极，我目前还没有办法找到，但猜想，可能是从境外流入的风光短片或纪录片。

所以，很有趣，一篇小学语文课文，牵出了"电影史"的内容。小学语文课文，真是类奇妙的存在。

我以为，接下来"基础训练"的作文是学习写信，但不是这样。又翻了前几册课本，发现第七册，也就是四年级上学期的倒数第二个"基础训练"，作文是"学写书信"，这与今天的编排一模一样。但我们那时比较突兀——之前并没有相应的预兆;今天就"科学"很多了——之前的一篇课文就是两封书信,并且是"一问一答"的形式。

诚然,信,对于今天的孩子而言,很难再讲"实用性",也不易理解曾经书信的分量。其实,20世纪90年代中后期,随着电话"飞入寻常百姓家",信的实用性已呈现出式微态势。不过在那时,尽管"交流"已时常使用电话,但信毕竟是"有用的":大人下班后,从收发室带回订阅的报刊,偶尔夹带收到的信件;我也曾给《大风车》栏目组写过信,参与有奖问答。当时,很多电视节目结束前,主持人也会说出互动(好像那时还没有这一洋气的叫法)的方式:邮编和地址最先说出,其次才是电话。今天的主持人怎么说——微博、微信、客户端。"经历"过的人,感慨一种变化的存在;没经历过的,认为这就是事物的本来面貌。所以,让今天的孩子面对书信,教会如何书写是一方面;另一方面,是不是也要引导他们了解信的历史与人伦价值?并且,坦率地讲,后者无疑更具有切实的意义。

很多东西就是具有"时代性"。进入新的时代,旧事物的实体可能不会,或很少再出现于人们的视线中,但新时代的人不能不知道它们;旧事物的实体,新时代的人可能很少再触碰,但不妨碍在头脑中辟出一方空间,储存这类事物的精神价值。做到这样,是对"先辈"的感恩,也是对自己的负责。一个经常对旧事物,尤其是承担过人类情感价值的旧事物嗤之以鼻的人,他的精神世界会怎样?我们当然要放眼未来,但放眼未来不等于忘记过去。有时候,未来放得越远,越要有意识地停停脚。谁都害怕在快节

奏中丢掉自己的"根"，谁都担心迷失在通向未来的漫漫征途中。回首"昨天的世界"，或许可以在失意时得到安慰、力量。但前提是，"你"得拥有这样的世界。"昨天的世界"，由"事件"构成，也由"事物"构成。这些事物，不正是例如书信这样看似"过期的"旧事物吗？所以，有些东西过了期，果断扔掉。但，也不是所有东西都有保质期。因为它从诞生之日起，注定永葆青春。经历过的人丢掉它，丢掉的是"你"的青春；没经历过的人不知它，等于放弃了一段"前青春"。

仅此一篇

不少中外作家，是语文课本中的"常客"。从小学开始，一直到高中毕业，常会读到他的名字、看到他的文章。但也有一些人，他们的名字和作品仅在课本中出现一次。但就这"一次"，恰恰是被人记住的一次。许地山（1894—1941）就是这些人中的一员；《落花生》就是这样的一篇课文。

对不少人而言，许地山不是一个陌生的名字，很大程度上是由于他的《落花生》被选入了小学语文教材；篇幅不长的《落花生》的知名度也很高，更是因为大多数人在小学学过这篇课文。《落花生》确为许地山的代表作，他的笔名就叫"落华生"（古文"华"同"花"）。此外，不知道许地山笔名的人，也会将"落花生"视作作者的另外一个名字——代名词。这真是"小学课文"的魔力。

我是在五年级下学期学的《落花生》，并记住了许地山这位作家。但日后十几年间，再没有看到或听人说起这个名字，自然也没再读过他的任何作品。2016年年初，我在青岛一家由德国小楼改建的寒冷的小旅馆里看了电影《黄金时代》。许地山，这个久远的名字，"稍稍"回来了；去年下半年，一口气读完了反映20世纪三四十年代中国知识分子群像的"巨著"。这是在学习《落花生》之后，首次在纸面上见到许地山的名字，尽管是寥寥几笔。

这个写过在中国近乎妇孺皆知的《落花生》的许地山，仿佛谜一般的人物。

许地山的一生，确有几分不同寻常，由此增添了他的神秘性。于台湾出生的他名赞堃，字地山。他的一生很短暂，走得又很突然，因此为后人留下了许多有待发现的空间。同时，从1935年9月直至1941年8月逝世，他的活动轨迹集中在香港，从而加大了后人对他接近的难度。

许地山的家族并非世居台湾，而是明时从广东揭阳迁移过去的。他的父亲许南英是晚清进士，台湾著名的爱国诗人，出有诗集《窥园留草》，并和刘永福一起抗击日军。《马关条约》签订后，一岁多的许地山和家人离台返乡。直到1911年迁居福建前，许地山一直生活在广东，那里留下了他的青少年时光。

迁居福建后，许地山找了份教员的工作，并在业余时间从事文学创作。1916年，在漳州华英中学任教的许地山加入闽南"基督教伦敦会"。对于他个人乃至日后的中国文化而言，这都是一非常重要的坐标点。因为从这一刻起，许地山萌生了对宗教进行研究的意识，而日后中国在宗教研究领域的一颗明星，开始冉冉升起。1917年，许地山考入北平汇文大学（著名的燕京大学的前身。1919年，私立汇文大学和位于通州的华北协和大学等高校合并，成立燕京大学），正式开始了自己的学术生涯。

作为"新文化运动"时期的大学生，"新"字在许地山身上体现得极为透彻。不单是个人在思想、意识、心理上的"新"，更渴望一个新时代的来临。1919年，"五四运动"爆发，于北平求学的许地山成为学生代表，参加了声势浩大的游行活动，成了一位名副其实的爱国青年。同时，在其日后的撰文与讲演中，思国爱民的忧患意识是一条不变的主线。

1920 年，在燕大获得文学学位后，许地山又进入该校的神学院学习。也是在这一时期，他开始使用"落花生"的笔名发表文章。1921 年，对后世影响深远的"文学研究会"在北平成立，许地山为最初的十二位发起人之一。他也是那一时期中国"社会问题小说"的代表人物。

1923 年，从燕大获得神学学位后，许地山开始了"留洋"生涯。1923 到 1926 年，他先后求学于纽约哥伦比亚大学宗教研究院（获文学硕士学位）、牛津大学曼斯菲尔学院（获文学学士和宗教学学士学位）。1923 年秋，"帝国宗教大会"在伦敦大学举行，许地山提交了名为《道家思想与道教》的论文，被收录进《帝国的宗教》一书。而这篇论文，则是一项伟大文化工程的开端。1926 年，许地山启程回国，在印度短暂停留期间，拜访了已是"诺奖"得主的泰戈尔（Rabindranath Tagore）。二人的这次首见对日后许氏的研究生涯起到了直接影响：1930 年，中国人自己撰写的第一部印度文学史专著《印度文学》在上海由商务印书馆出版。

归国后，许地山一边在燕大、北大等高校任教，一边从事文学创作和宗教、尤其是道教的研究。1934 年 6 月，中国文化史上一件值得骄傲的事情发生了：许地山的《道教史》（上）出版。这是中国人研究本土宗教道教的首部论著，打破了外国人（之前中国人接触到的道教读物主要是日本人小柳司气太的《道教概说》）对于这一研究领域的垄断。所以，许地山的这部《道教史》

既有文化意义，更有着民族意义与国家意义。

1935 年，由于同燕大"闹崩"，许地山离开了曾经求学、工作的燕大校园，在胡适等人的帮助下，南下香港，赴港大就职，直至去世。在去世的前一年，他编纂完成了《道教史》工具书——《道藏子目通检》。

回顾许地山的一生，会发现他的人生轨迹和学术生涯离不开宗教，从早年加入基督教组织，到后来将道教作为毕生的研究方向。而旅居缅甸的经历，也很有可能使他对佛教产生兴趣。据许地山的好友老舍回忆，他的一位舅父是和尚，这可能是他接触佛教的开始。并且，许氏之所以会去缅甸，也可能跟这位舅父有关。此外，他两赴印度，两次拜会泰戈尔，印度教及印度哲学很难不对他产生影响。许地山以作家的身份同后来的小学生见面，但不知有多少人（后来）知道，他还是位学者，一位以宗教研究为中心的学者。

许地山加入宗教组织，并走上宗教研究的道路，并不是一种偶然。他出生于台湾，尽管对那里的生活没有直接记忆，却时常从长辈口中听到关于台湾的风土人情。此外，无论是青少年时代生活的广东，还是成年后的福建，都是民间信仰氛围浓厚的省份。由此可见，许地山头脑中神性空间的构筑，始于幼年期，并于日后得到巩固、加强。在《我的童年》一文中，作者提到的马伏波祠、关帝庙、"天公猪"等，无一不是具有信仰色彩的"神物"。他在文中这样描述"天公猪"：

台湾的风俗男子生到十三四岁的年纪，家人必得为他抱一只小公猪来养着，等到十六岁上元日，把它宰来祭上帝，所以管它叫"天公猪"，公猪由主妇亲自豢养的，三四年之中，不能叫它生气、吃惊、害病等。食料得用好的，绝不能把污秽的东西给它吃，也不能放它出去游荡像平常的猪一般。更不能容它与母猪在一起。换句话，它是一只预备做牺牲的圣畜。

这是一段读起来饶有趣味的话。但想对"天公猪"做一个准确且全面的"定义"，也不是件容易的事。毕竟，对大多数人而言，这是一陌生、抽象的概念。但作者就是将"定义"下成了，且使读者感受到了一丝妙意。不过，深读"天公猪"的"定义"，读者也会感知到，没有深厚的文学、民俗学、宗教学，甚至人类学的功底，是很难写出这样的文字的。

许地山身上弥漫的宗教气息，让他看到很多事物充满灵性，也就是一种万物有灵的观念。在《蝉》《蛇》《蜜蜂与农人》等篇章中，都渗透着这一观念。在《梨花》一篇中他写道：

花儿的泪都滴在我身上哪。

所以，许地山的散文透着一种思想的空远、内心的秀美，不少篇章像寓言一样充满哲喻。许地山同样有童话作品，例如《萤灯》《桃金娘》等，时而让人感到轻灵，时而使人陷入沉思。

许氏作品还有一被人乐道之处，即充满浓郁的南中国及东南亚特色。所以，读他的散文，确实会发现许多并不熟悉的意象，例如桄榔树、龙舌兰、麻栗等。不错，这是他早年主要的活动空间，有他最为熟悉的事物。同时，他有客居异国的经历。而父亲许南英离台之后，曾游历于新加坡、泰国等南洋国家，也会为他日后创作产生间接影响。此外，揭阳和漳州均为著名的侨乡，耳闻异国趣事，将其作为创作素材，为一顺理成章之事。

独特的成长历程、生活空间和知识体系，造就了许地山文学相对独特的一面。但回至大的历史背景，他终归是一个"五四"时期的中国知识分子。这样一来，"五四"时期有"留洋"经历知识分子的典型性，在他身上有着鲜明的体现，例如对新知识、新文化的推崇，与封建礼教进行抗争等。

推崇新知识、新文化，主要表现在他对汉字的态度上。与钱玄同一样，许地山也是"汉字改革"的倡导者，于香港完成的《中国文字地命运》《拼音字和象形字的比较》《中国文字地将来》等文章集中表达了一个观点——用拼音文字代替汉字。近80年后读这些类似于战斗檄文的作品，对于作者的"慷慨激昂"，后人自然不易理解。能够清楚看到作者对汉字、书法的诸多态度是不客观乃至不准确的，甚至能预知汉字一旦被废除，将会是中华民族更大的灾难。但许地山等人思想的成熟时期，正是中国在政治、经济、科技、文化、外交等多领域落后的时代。中国知识分子固有的良知感，加之不少人亲身体验过欧美等国在经济、文化、社会上的繁荣，以及邻国日本的迅速崛起，可能会使他们在某一时刻、某些方面丧失应有的理性，从而产生一种盲从思想。所以，今天的读者需要认识到，即使看出这是一种盲目，也应该意识到这是在爱国心的驱动下形成的。

许地山有着强烈的爱国思想，这一方面受父亲许南英的影响，另一方面也是个人经历所致。婴孩时代因国土的沦陷而流离，虽不会对那一过程有直接记忆，但长辈的讲述、自身的间接感知，还是会逐渐生成一种对外敌的恨，对国家积贫积弱的痛。留学期间，看到建国尚不足 150 年的美利坚已走到世界前列，英吉利的学术氛围呈现出一派繁荣之景，心生羡慕，但更是一种刺痛，所以，他对这个拥有古老文明的国度依旧沉睡表现得更加痛心疾首。于是，在这种巨大反差的刺激下，许地山这样的知识分子无疑会爆发出猛士一般的爱国救民的热情。"七七事变"后，许地山在香港自觉端起"文化武器"，成为抗战期间文化界"香港避难所"的重要代表人物。他在"文艺座谈会"上讲述"抗战中文艺写作应取的方针"（1938 年 4 月），发表诗歌《二七年六月我空军轰敌长江捷报飞来喜而赋此》（1938 年 6 月），发表杂文《七七感言》《忆卢沟桥》（1939 年 7 月）……尽管已到了 20 世纪 40 年代，在"青年节"当天，他还是会不自觉回忆起"二十二年前底今日"。许地山希望青年学生看清当下社会的症结，并努力为改造社会、建设国家出力：

　　我们常感觉到年长的执政们，有时候脑筋会迟钝一点，对于当前问题底感觉未必会像青年人那么敏锐，又因为他们的生活安定了，虽然经验与理智告诉他们应当怎么做，他们却不肯照所知所见，与所当走底路途去做去行。因此，青年人的政治意见底表示，就很可以刺激他们，使他们详加考虑和审慎地决断。

　　《读＜芝兰与茉莉＞因而想及我的祖母》，是许地山另一篇比较重要的作品。也是一篇带有浓郁海岛风貌的作品，例如"嚼槟榔""吸旱烟""龙眼干甜茶"等。所以，尽管台湾没有留下他太多的足迹，但毕竟出生于台湾，不少作品又具有台湾风情，因此被有的学者称为"五四时期全国唯一著名的台湾作家"。

这是一篇静谧的作品，闲适中带有淡淡的"愁"，仿佛一部具有乡土气的台湾电影，就是在这样一种较为舒缓的节奏中，表达了作者反对封建礼教、反对旧家长制、肯定个人独立与自由的观点。与鲁迅等人的歇斯底里不同，许地山用内敛、隐忍的手法，但并不妨碍主人公"四弟妇"人生悲剧的发生，并不妨碍读者呼吸到一缕伤感的气息。"四弟妇"被姊姊"扛回去"的全过程，作者只是寥寥几言，但透露着悲凉与绝情：

果然姊姊命人雇了一顶轿子，跑进屋里，硬把她扶出来，把她头上的白麻换上一缕红丝，送她上轿去了。这意思就是说她之后就不是许家的人，可以不必穿孝。

而对于妻子被姊姊"扛回去"后的苦与愁，作者这样描写：

自妻去后，他就常住在窥园。他觉得一到妻子房里冷清清的，一点意思也没有，不如在书房伴着书眠还可以忘其愁苦。唉，情爱被压的人都是要伴书眠的呀！

一点都不激烈、热闹、血腥，但"此处无声胜有声"。

1941年，不到50岁的许地山逝世，他是因劳累倒下的。《牛津的书虫》一文中的"读书读到死，是我所乐"仿佛一语成谶。回看他的一生，确实是个"大忙人"：留学四年，转辗两个国家、两所学校，取得三个学位，还获得了一个"牛津书虫"的外号；归国后，执教于燕大的两所学院——文学院和宗教学院，并长期在北大和清华做兼职；除日常教学外，主要进行道教研究，并创作了数量不菲的散文、小说（《缀网劳蛛》《命命鸟》等）、诗歌、戏剧（《女国土》《凶手》等）、杂文、译作〔例如泰戈尔的作品，也包括戴博诃利（Lal Behari Dey）的《孟加拉民间故事》（*Folk-Tales of Bengal*）〕，甚至还为歌词谱曲（曾为瞿秋白的《赤潮曲》谱曲）；赴港后，虽仍有繁重的研究任务，但一周的上课时长也在 20 小时以上，并在《大公报》上发文探讨当下应如何对待民族传统文化、如何做学问、国家应如何对待知识分子等。去世的前一周，暑假中的他还为基础教育的发展建言献策。

许地山逝世的消息传出后，当时在港担任"保卫中国同盟"（简称"保盟"）主席的宋庆龄第一个送来花圈。此后，梅兰芳、郁达夫、徐悲鸿等前来吊念。许地山的逝世，全港悲恸。主要机构、学校为一个文化人的离世下半旗志哀，九广铁路钟楼也荡起了哀痛的低鸣。并且，对许地山的纪念，甚至出现于新加坡等东南亚国家。因他的治学、因他的创作、更因他的人格。

许地山，也许仅是一篇《落花生》。但通过这"仅此一篇"记住他，细读他，这就是仅此一篇的价值所在。

可能是最具人文情怀的一篇课文

这可能是我最想"读解"的一篇小学课文，但真等到它的时候，却又不知从何说起了。

五年级上学期有篇课文，算是一篇回忆式散文。当时给我的感觉，这篇同之前的很不一样，之后三个学期，也没再学过这种"感觉"的课文。但哪里不一样？当时自然是说不出来的。但亲切、舒服、踏实之类的感受，一定获得过。总言之，这是一篇留给我极深印象的小学课文，以至之后十几年间，闲暇之时，不止一次上网"搜文"，重温一种熟悉的感觉——当代作家肖复兴的《那片绿绿的爬山虎》。

课文讲述了作者青少年时代的一难忘经历。文中主人公除了"我"，还有让"我"难忘的叶圣陶先生。叶圣陶的名字我们不陌生，他是那一时期小学课本的"常客"。低年级就学过他的一首名为《瀑布》的诗；后来，又学过一篇游记——《记金华的双龙洞》。当然，最著名的，还是《爬山虎的脚》。为什么"著名"？其实我也不清楚，就感觉这篇课文是著名的。但如果一定要找到"著名的"原因，大概在于题目比较有趣吧？此外，也正是通过《爬山虎的脚》，让我知道并记住了叶圣陶的名字。

在课文的"预习"部分,提到了叶圣陶和《爬山虎的脚》。以前,总有种这样的感觉:课文,学完了就过去了,不会再同后来的什么产生联系了。但,这次"预习"中出现从前的课文,是我第一次在课本中体验"传承",因此还有一种莫名的兴奋——我们也有一些可以"回望"的东西了。但对于不愿长大的人来说,这不是一个十分好的信号。

课文正文的第一句话,引出了另一篇文章——《一张画像》。其实,《一张画像》是《那片绿绿的爬山虎》的"源头"。但,当时怎么就没有延伸一下,找出这篇文章读一读;可能教学大纲,也没有这样的要求吧?即便后来,多次重读《那片绿绿的爬山虎》,怎么就继续忽视《一张画像》呢?

直到最近,因"重读"需要,才找到《一张画像》,是经叶老修改后的版本,所以已叫《一幅画像》了。

这篇对作者而言意义非凡的作品,篇幅不长,大概 1500 字左右,但处处显露作者作家的天分。第一段,他提到了一部电影——1951 年上映的《新儿女英雄传》,并将影片的主人公"蔡老黑"和画像的"主人公"王老师齐名。可见,作者的知识面很广,并且,还得具有这样的联想能力。而这种能力,成年人都不见得有,何况一个 15 岁的孩子。接着,作者提到了自己上课时的"小癖好"——涂涂抹抹、染染画画。两组动词,很是生动,并且说:

……差不多,教过我们的老师都在我的本子上"留了影"。今天一见到"蔡老黑",我的手就痒痒了。

这段文字是全篇的第三自然段，拢共四行多一点，却为三个词（"小癖好""留了影""蔡老黑"）加了双引号。连上"手就痒痒"了，于诙谐中营造出可信的童真童趣。文字呈现的行为和心态，与15岁左右男孩子的身份极度吻合——思想活跃、精力旺盛，甚至是调皮捣蛋。

下面，是作者作画的过程。在这一过程中，作者对课的内容"一点也没听见"。并且，作者说"'蔡老黑'讲的什么"。可见，在他心里，王老师就是"蔡老黑"了。这样的表达，仍是真实心态的体现。

虽不见作者的画作，但通过描述，可知这是一有趣的作品，并且顽皮中洋溢着阳刚：

"蔡老黑"骑在战马上，手里挥舞着大三角板和圆规，口里还不住地呐喊："冲啊，向几何进军！"

"向几何进军"，也许脱胎于当时社会上的一口号：1956年提出的"向科学技术进军"——作者十分"敏感"，并能将这样的"敏感"成功纳入自己的创作——无意中制造出孩子特有的幽默。

画完了，兴奋之余，不希望发生的事也随即发生——被老师发现。做"坏事"被"逮个正着"，这样的"热闹"会出现在任何年代、地域的课堂。作者瞅准了这个点，瞬间拉近了同读者间的距离。而从戏剧的角度讲，这是一激烈的冲突。但接着又是一大的转折——预计的"挨呲儿"没有发生，所以，在全文的中间部分，作者很好地掌控了节奏，并为"启下"做了巧妙铺垫。如此对结构的安排、文字的拿捏，确实是非天才者无可达也。

所以，《一张画像》"榜上有名"，实至名归。接下来，就是《那片绿绿的爬山虎》诞生的过程了。

五年级了，学过的课文已不少。之前学过的，有一些题材比较严肃，有一些感到并不属于自己的生活圈子，还有一些写景的、写物的，也不容易产生太多情感上的共鸣。但《那片绿绿的爬山虎》有所不同，文中的主人公，与我们几乎是同龄人，这就是一种距离的消失。此外，文中的事，我们更不陌生——"改作文"，依然是隔阂的消弭。所以，这是一篇真正意义上有关"我们"的课文。也许，在一定层面上，这就是我在开篇说到的"不一样的感觉"。

十几年过去了，即便中间没有重读，也对文中的一切记得清清楚楚，其中的很多细节，也会不经意间在头脑中闪回。比方说，这样简单、"干净"的课文，老师的用武之力仿佛无处发挥，于是紧盯一个句子不放：

我真的从中受益匪浅，隔岸观火和身临其境毕竟是不一样的。

这句话中有三个成语，所以成了"榜样"。老师希望我们在写作文时多用成语这样的"大词"，多用抒情的优美的句子，多用修辞手法，并一定记得在结尾的段落使用排比句……老师反复念叨着这句话，自己都感到对课文的作者钦慕不已。同时，老师反复强调这句话，好像通篇除了三个成语，真没有什么可以"学习"

的了——真是篇"非典型"的小学课文。

文中除了"我"和叶老，还有叶老的孙女叶小沫。课堂上，叶小沫仅作为一个名字存在——晨读或课上读课文时一念而过。但我对她却有着"兴趣"。"沫"字在人名中不常出现，是最初的"兴趣点"。但接下去想：如果小沫不和爷爷住在一起，她与作者相见，是来玩时偶然遇到，还是叶老有意安排？如果是有意安排，那真是太用心了——因为家中要来一位小客人，他支开作为成年人的生活秘书、学术助手，"请"一位同龄的小伙伴陪同。不是没有丝毫活泼的"陪同座谈"，而是类似于一个玩伴。这样的细心、体贴、家常，也是非"大家""先生"者无可达也。同时，假若真是叶老有意安排，叶小沫就是一重要存在了。文中，叶老的平易近人给作者留下了深刻印象，小沫的出现，不就是平易近人的凭据吗？也许，我想的确实有些多。但在小学的语文课堂上，我就是时常琢磨这些跟课文有关、却跟"学习"无关的东西。

最后，爬山虎，是课文中最重要的意象，但我同时"惦念"另外两个意象——胡同四合院和叶老的苏州口音。而它们凑在一起，构建出一种满是"文气"的意境。这样的意境，学课文的时候，我隐约"品"出了一些。

于是，"不一样感觉"的深层，或许就是浓浓的抚慰人心、令人真正感动的人文情怀吧！

作者于少年时期取得的文学成绩令人羡慕。而真正读过《一幅画像》后，更让人觉得自愧不如。同叶老单独会面、敞开心扉交谈，如此经历只能仰望……但很多机会，尤其是童年、青少年时代的机会，不身处"特定"地域，获得的难度在无形中大了几番，

"精神"方面的更是难上加难。而这样的机会，当属北京了。

《那片绿绿的爬山虎》是篇"非典型"的小学课文。同时，作者的《一张画像》，也是篇"非典型"的描写人的作文。从小到大，我们不止一次接触写人的作文，写父母、写同学，或像作者一样写老师。我（或许）写过关于老师的作文，也听到过太多写老师的范文。我们当时写人物，只会写人的"好"；写老师更是要往好处写。我们写老师的"好"，无疑是直接描写。即便是通过一两件事表现老师的"好"，但这些事，大多是现实中不曾发生的。例如老师每天批改作业直到深夜，冒雨为生病在家的"我"补课等。我（或许）也唱过这样的高调，没有办法，自己的作文水平太低，唱高调，起码不会得到一个太差的成绩。并且，我渐渐发现了一个"秘密"：唱高调好像是一种无形的要求。所以，不仅是我，当时大家都会在作文中唱唱高调，例如"校园多么美丽""课外活动多么丰富"等。唱得好，再加上用了"大词"，写了优美的句子，用到排比……一篇"范文"出现了。

其实，"大词"、优美句、排比句，出现在作文中，当然不是件"错事"；即便唱一唱高调，也不是特别不妥。但还是要"检讨"：过于追求特定的写作手法与套路，写作乐趣会大大降低，甚至成为一种负担："我"要用哪些"大词"；为什么总写不出"优美的"句子；快结尾了，准备"排比"……坦率地讲，这是小学阶段写作文时脑子常考虑的问题。而写作文时追求表面文章，忽略的却是更重要的东西——真实。单就小学阶段来说，写的作文的数量是无法统计的，其中有多少篇是真人真事，或发自内心去写？有，但微乎其微。"真实"作文的处境又如何？我清楚记得，曾有几篇发自肺腑的作文，例如关于足球、关于汽车。并且，写这样自己熟悉、感兴趣的话题，"表面文章"是顾不上做的。但，这样的作文，多数没有得到理想的成绩，不过，偶尔也会"蒙"出些"佳作"，在百分制的"作文课"上得到 90+ 的分数。但总的来说，我骨子里不是个走"套路"的人，因此越来越"不会"写作文。高考语文 150 分满分，我连一半都没有考到。可见，60 分的作文可能也就得到了十几分。

作文不是不能虚构。但问题在于，当时我们在写作文时，几乎意识不到"真实"是什么东西。于是，一想到作文，首先想到"编"。我们也知道写作文要有"真情实感"，但缺乏事实根基的"编"，哪里会有什么"真情""实感"可言？

所以，作文 / 写作的基础是真实，无病呻吟是写作的"病态"。索性再看《一张画像》的评语：

这一篇作文写的全是具体事实，从具体事实中透露出对王老师的敬爱。肖复兴同学如果没有在这几件有关画画的事儿上深受感动，就不能写得这样亲切自然。

不到 70 字的短评，却直指作文 / 写作的精髓与要害。叶老用了两个"具体事实"，足以见得真实的重要性。并且，只有"真实"，才会"感动"；只有"感动"才可以"亲切自然"。这里面有一种逐层递进的关系，并非想感人就能感人。2010 年代，年逾花甲的肖先生在接受采访时仍不忘提及 15 岁夏天同叶老的会面，以及那次会见对自己创作的影响。而读他的其他作品，很多跟《那片绿绿的爬山虎》一样，延续了清新、内敛的风格，例如《童年的小花狗》《荔枝》；也会看到情感满溢的篇章，例如《拥你入睡》。但质朴与真实是基础。不过，我们身边没有这样的"高人"。同时可以猜想，缺少"高调"和华丽的词句，但童趣满满的《一张画像》放在一个小城参评，会轻而易举获奖吗？

我上小学时，周四下午是雷打不动的作文课，初中和高中沿袭了这一"传统"。作文课是两节连堂，由于作文在考试中的分量，加之主要"服务"课本"基础训练"中的作文，所以比较"正规"，要写在作文本上。第一堂课分两部分，首先是点评上一周的作文。上课前，班长将作文本从老师办公室拿到教室，放在黑板前的讲桌上。作文本有两部分，"头对脚"颠倒着放，上面是一小部分，下面是一大部分。小部分属班上的"知名"人物——这些都是范文。好事的同学会跳上讲台，看看哪些人的作文成了范文。如果都是"常客"，就悻悻溜下来；若出现了"新人"或非"常客"，瞬间便成了"新闻"。点评过后，他们要当众朗读自己的作文。老师叫到谁的名字，谁上前拿自己的作文本，依次站在讲台上。实际上，谁的作文是范文，没有太大悬念，所以大家都在期待"冷门"出现。老师叫到他们的名字时，"暴冷"者会惊愕地离开座位，接过作文本，战战兢兢站上讲台。有时遇到这样的场景，下面还会有些小骚动。不光大家感觉他／她站在上面不协调，可能连自己都感到不自在。同时，既然有暴冷上台的，就有"意外"坐在下面的，想必这时他／她会闷闷不乐。但那一刻，"上面的"人才是大家关注的焦点。

读完范文，开始讲本周要写的作文。讲述一般很简单，过不了多一会儿，下课的时间就到了。老师组织人手发作文本。其实发的只是那"大部分"。读范文的那些完后拿着本子回到自己的座位，同桌或前后座位上的人无不眼馋地要过他／她的本子，想趁热"学习"。有些人很大方——随便拿、随便看；个别的在意自己的"知识产权"——回位后将本子放进桌洞，面对就近同学可怜巴巴的眼神，既不说不借，也不说借，只是面无表情保持一种缄默。

但最热门的，还是暴冷上台的作文。下课后，不少人凑到他／她跟前。这不是为了学习，而是想看个究竟——为什么就能成为范文？因为这些同学不是班上的"强者"，所以面对来势汹汹的"访客"，自然是乖乖将作文本交出去。有的说"写得真好啊"；有的则吞吞吐吐地说"抄的"，怕大家不信，还会补充一句曾在哪本作文书上看过类似的。

第二节课很安静，大家都在写作文。当时，作文本是"神圣不可侵犯"的，所以一定要维护作文本的"权威"。如何维护？保持本子的整洁，书写认真，尽量没有勾抹等是基本要求。所以，老师要求我们一定要打草稿，甚至有段时间，交作文本的同时，草稿一并上交。此外，星期四下午离校前，作文一定要写完。通常情况下，作文本不允许带回家。这也是出于对作文本"尊严"的维护——有些人，尤其是男生的书包确实忒乱，作文本被塞进去，"容颜"八成要遭殃。

有些人写得很快。离下课还有很长时间，却已经写完。拿到前面让老师批改、打分、写评语。我发现，当场批改打分写评语的，分数一般不会太低。老师仿佛认可速度与好坏成正比。还有的时候，老师现场批改时，遇到"公认的"好句好段，会让我们暂时停下来，兴致勃勃为我们读一读——及时送上"智力支持"。

我头疼作文，但也有在下课前写完的经历。好像只有一次，却闹出个大笑话。那应该是"记一件有趣的事"。写完后，老师并不在教室，我便将作文本放在讲桌上。老师回来后，看到讲桌上有本子，会知道是怎么回事。很快，老师回来了，落座后拿起红笔，翻开作文本进行批改。最多过了五秒钟，老师大笑，笑得前仰后合，好像她从未在教室里如此开怀大笑，然后摆手招呼我上前。原来，这件"有趣的事"，我起初想写"老鹰捉小鸡"，后改成"丢手绢"，但忘了将已经写下的"老鹰"两个字勾掉，于是成了"老鹰丢手绢"。被"笑"是应该的，老鹰怎么会丢手绢？但映射出的是一个"严肃问题"：作文"写什么"，好像很"随机"。也就是说，直到动笔的那一刻，都没有考虑好究竟写什么。"丢手绢"也好，"老鹰捉小鸡"也罢，好像没什么实质性区别。我们做过"老鹰捉小鸡"的游戏，也做过"丢手绢"的游戏。很惭愧，作文中的"丢手绢"，一定不是某次现实中的"丢手绢"。而就算写了"老鹰捉小鸡"，会是某次现实中的"老鹰捉小鸡"吗？

一篇"大作"

　　六年级上学期中期，学了一篇名为《凡卡》的课文。这可能是给"一代人"留下最深印象的小学课文之一了。

　　《凡卡》的作者，俄国人契诃夫（Anton Pavlovich Chekhov, 1860 — 1904），应该是整个小学阶段最为著名的外国文章贡献者。尽管在这之前和之后都学过托尔斯泰的作品。但毫无疑问,《凡卡》对于我们而言更加接地气。所以，这着实是一篇"大作"。

　　在正式学课文之前，先学到一个生字："诃"。"契"和"诃"，在课文的"预习"部分中都是注了音的。但"契"字多数人知道怎么念；"诃"就相对陌生了。于是，不少人不认真地将其读成了"kē"，弄得老师好不开心。不过，因为这并不是出现在课文中的生字，所以没有进入课后的"生字表"。

　　相信绝大多数同龄人是通过《凡卡》知道契诃夫的。《凡卡》让契诃夫的名字"名扬"中国校园。但作者绝对不会想到，他的名字，包括凡卡的名字，却不如另外一个人"有名"，他就是凡卡的爷爷——65 岁的瘦小老头儿、日发略维夫老爷家的守夜人康斯坦丁·玛卡里奇。

　　直到今天，仍有"怀旧者"时常提起这个名字，甚至将其称为一个"销魂的"名字。这的确是一个极具异域风情的名字。近20年前，小城市里的小学生还不易接触到太多域外信息。所以，这个康斯坦丁·玛卡里奇作为外国人名，大大增长了我们的见识，感觉读到的不是一个人名，而是一位外国人来到学校参观，并走进了自己所在的教室。但随之而来的，是读起这个名字磕磕巴巴、好不利落。如今再读，会发现这其实是一朗朗上口的名字。但那时不是这样。很多今日看起来简单的东西，那时都是复杂的。但话又说回来，"复杂"，不见得没"趣"。

在读康斯坦丁·玛卡里奇时，我没有遇到太多障碍。并不是因为我知识多、见识广，只因为那时，我已成为球迷一年多，见到过很多更加复杂的名字。不但康斯坦丁·玛卡里奇我读得溜，文中出现的像阿里亚希涅、卡希旦卡、菲吉卡这样的名字，对于我而言，同样是"无障碍阅读"。

说起《凡卡》中人物的名字，确实值得做一些"文章"。课文开头称"凡卡·茹科夫"，但为什么到了尾声部分，变成了"伊凡·茹科夫"？老师在课上的解释是，凡卡是他的小名。这样的解释大体不差。但有必要说明的是，在俄语中，大名和小名/爱称存有对应关系。简单来说，有什么样的大名，就有什么样的小名/爱称。并且，以男子名为例，在名字的末尾出现"卡"，是最为常见的小名/爱称构成法。所以凡卡是伊凡的小名。再比如说，契诃夫曾写过一篇名为《草原》的游记，里面有一个叫叶戈尔的九岁男孩，他的小名/爱称是叶戈尔卡、叶戈鲁什卡。

俄国人的名字一般由三部分构成，顺序通常是名、父名、姓。但在一些非常正式的场合，会将姓提前，放在首位。在一般性交际中，可只称姓、名；但若想表达一种尊敬，或是晚辈称长辈，多用名加父名的形式。例如契诃夫对作曲家柴可夫斯基（Peter Lynch Tchaikovsky）心怀敬意，称他是 19 世纪后半叶俄国文化界仅次于托尔斯泰的代表人物。于是，契诃夫在信中这样称柴可夫斯基：尊敬的彼得·伊里奇！而凡卡作为晚辈给爷爷写信，自然是"亲爱的爷爷康斯坦丁·玛卡里奇"。所以，有些人疑惑：为什么凡卡姓"茹科夫"，但爷爷姓"玛卡里奇"，莫非凡卡不是爷爷的亲孙子？的确，凡卡在信中说自己没有父母，只有爷爷一个亲人，因此给了不少人这样的猜测：凡卡是一名弃儿。这样的推断不能说没有道理，但单从名字上，是无法进行判断的。因为"玛卡里奇"显然是爷爷的父名。信以"您的孙子伊凡·茹科夫"结束，没有体现父名。"署名"，是可以使用名加姓的形式，所以，在契诃夫写给他人信的结尾，常用"您的安·契诃夫"。"安"是契诃夫名字"安东"的缩写。在俄语中，名和父名可以简写，即用首字母表示，姓则必须写全。

　　愈是印象深刻的文章，愈会时常想起，就愈感到充满"疑点"。凡卡的身世让人怀疑过，凡卡的"文笔"也有些异常：一个 9 岁的农村男孩，能洋洋洒洒写出一封感情如此真挚的信？

　　学课文的时候，我并没有发现这个疑点。对这一问题的注意，是近期的事。现在，我尝试从以下几个方面回答凡卡有可能写出这样一封信。

　　首先，这是一篇小说，是一部艺术作品，艺术高于生活。因此，虚构和加工是极为正常的。所以，从文学艺术的角度看，凡卡写这封信也就不足为奇了。但读者也要知道，即便是虚构与加工，也不可能过于脱离现实，契诃夫应该不会做严重偏离实际的傻事。毕竟，他的读者首先是俄国本土民众，他们会对作品的真实性做出客观、准确的检验。

其次，回归到"现实"。作品写于 1886 年，凡卡 9 岁。以此推断，他成长于沙皇亚历山大二世（Tsar Alexander Ⅱ）改革后的俄国。尽管我们知道得更多的是"这次改革并不彻底，留下了大量的封建残余"，但俄国本国人，对 1861 年农奴制改革持相当的肯定态度。1861 年改革也许确实不可能从根本上改变俄国农村的面貌，但一定会带来新的气象。发展教育，是历次沙皇改革中必涉及的环节。尽管并不指望通过改革，能使全俄的每一位适龄儿童，尤其是农村儿童入学。但举措的出台、实施，终会营造一种"学习"的社会风尚，使全社会逐渐变得"有文化"。这股文明、进步的风，为什么不会吹到凡卡所在的村子；作为家里的男孩，为什么就没有机会进入学校，哪怕是后来又辍学了呢？

再次，细读《凡卡》，会深深感到，这是一篇弥漫着宗教气息的作品。凡卡行动上的细节及信中的表达，充满了基督教的仪式感。例如"斜着眼看了一下那个昏暗的神像""祝您过一个快乐的圣诞节，求上帝保佑您""我会为您祷告上帝""我求您看在基督的面上，带我离开这儿"……可见，凡卡和爷爷都是虔诚的基督徒。公元 10 世纪，基辅大公弗拉基米尔（Vladimir the Great）承认拜占庭的东正教是"真正的宗教"。在自己接受东正教后，令基辅以及整个罗斯全部受洗。国家宣传宗教，民众接受宣传，"知识"是一座桥梁。所以，无论是为了培养神职人员，还是使民众更好接受，开办学校势在必行。虽然这些学校多是宗教性的，但它毕竟使一些人获得了文化知识。并且，初级学校确实深入进了俄国县一级的行政单位，而中等学校则出现了历史、数学、外语（德语、法语、希伯来语等）等世俗课程。尽管这些课程的数量和重视程度非恒定，但它的意义是不能被忽视的。此外，针对受教育的民众少，尤其是文化水平不高的成年人，教会实行"教义问答"，这类似于"公益讲堂"的活动，无形中起到了"扫盲"的作用。莫斯科教区是"教义问答"发展得比较好的地区。凡卡身处莫斯科，依据当时的交通等状况，凡卡从前生活的村子离莫斯科应不会太远，所以应该属于莫斯科教区。也就是说，这一区域的人，具有一定的文化水平。即便凡卡不曾入学，但为了"信仰"，（伊凡的含义为"上帝赠给"）也有可能从爷爷或周围人那里学到一定文化。

最后，是这封信的"文采"。尽管大家相信凡卡能写字、会写信，但这封信，写得也有点过于"出色"了吧？当然，从艺术的角度说，会有渲染的成分，但不妨碍找出出色的合理性。小学阶段的语文课本，几课过后，是"基础训练"，由若干道题目组成，最后一题为作文。这是我"头疼"的一道题，所以拿到新书，从头翻到尾，格外留意这学期将要写哪些作文，以便提前有个"心理准备"。但并不是所有的主题都让我生畏，总会出现一两个能调起我"倾诉欲"的主题。所以，当终于开始写这类作文的时候，往往一气呵成，并能突出中心思想，体现真情实感。因此，凡卡的这封信，不就是这样一篇等了许久的作文吗？歌德（Johann Wolfgang von Goethe）的一个创作观点，能够为我的作文和凡卡的信"撑腰"——"意识"能够指挥诗兴。我想，这样的"诗兴大发"，不少人都经历过吧！除上述几点外，凡卡身上其他个人化的东西，比方说他可能本就是一好学的孩子，像克雷洛夫一样，边做工边自学；大城市的见闻又丰富他的写作素材。同时，19世纪的俄国文坛，星光熠熠。后人所知的俄国文学巨人，大多生活在那一时代。所以，"农人"们闲暇之余聊聊果戈理（Nikolai Vasilievich Gogol）的小说，背背莱蒙托夫（Mikhail Yuryevich Lermontov）的诗句，并非不可想象。而这些，同样是成就凡卡信不可忽略的要素。

契诃夫的作品以批判现实主义闻名于世，所以在他的眼中，即便国家已有了"电报线""铁路"等现代事物，但在思想上，仍是一个"有问题"的国家。而社会也需要得到改变，人与人之间的关系也应全面改善。他的祖上为农奴，尽管后来获得自由，但到契诃夫出生时，家庭依然贫穷。所以，在他的早期创作中，充满了对于底层人物的同情。比方说《凡卡》，比方说同写于1886年的《苦恼》。而当他通过写作获得一定声望，有了一定的经济地位后，仍不忘对农民、对困难群体的关心。而他对农民、乡村的爱，也不只是停留在纸面上。有资料记载，契诃夫一生共捐建了三所学校。而在高尔基一篇回忆契诃夫的文章中，记录了他对于乡村教育的其他设想。例如修建乡村小学教员疗养院、办图书馆、购置乐器、为乡村小学教员举行各种讲演等。他为这一群体待遇之低打抱不平，并说"这是我们的耻辱"。对于乡村小学教员的登门拜访，他热情接待、耐心倾听、悉心答疑。

契诃夫曾在一封信中写道：我的身上留着农民的血。所以，他一生热爱（体力）劳动，对（体力）劳动者充满敬意。高尔基曾写道：

我从没有见过谁像安东·巴甫洛维奇那样深切地、完全地感觉到劳动的重要，认为它是文化的基础。

在契诃夫看来，劳动可以获得乐趣；不劳动导致心神不安，例如《文学教师》中的尼基京。并且，劳动更是作为"人"的一种责任感的体现。他曾直言：

整个俄罗斯就是一个又贪又懒的人的国家。

所以又发出了这样的感叹：

要是每个人都在自己的那块小小的地上做了他所能够做的事情，那么我们的土地会是多么的美啊！

契诃夫这样的爱（农）民思想，决定了他对农民和底层劳动者有着深切关注。他细心观察他们的生活，体察他们的命运，为他们呐喊，希望社会能够对他们有所关怀。不过，契诃夫的努力好像很难取得实效。高尔基曾说：

在俄罗斯什么东西都丰富，然而就缺少对劳动的爱心。

契诃夫本人更是绝望，他说：

说起来很可羞，很悲惨，然而却是真的：好些人在羡慕着狗呢。……

在契诃夫的作品中，狗，是经常出现的一类"人物"。这也许是他的一种"情结"：契诃夫养狗、爱狗。他曾在一封给妻子尼克碧尔的信中，绘声绘色描述了旅行中的爱犬什纳普：

……什纳普在船上像是在家里，真可爱，在火车上也像在家里一样，朝列车乘务员吠叫，逗所有的人乐。我很爱它，它现在伸开后腿坐在甲板上……

好像很多作家，身边都有令他们永葆天真的宠物伴侣。契诃夫爱狗，索性写了以狗为主人公的小说《卡什坦卡的故事》，据说，他还将 100 册带有这篇小说的文集赠予爱狗协会。

但契诃夫笔下的狗，真的只是 dog 吗？

在《凡卡》中，作者提到了两条狗——老母狗卡希旦卡和公狗"泥鳅"。《凡卡》的篇幅不长，但作者还是用一定的笔墨对"泥鳅"进行了描述。并且，全文以"泥鳅"结尾：

泥鳅在炕边走来走去，摇着尾巴……

所以，作品中的"泥鳅"，应该有着更为重要的"身份"。

在《文学教师》中，也有两只狗——穆希卡和索木。这是两条比较"厉害"的狗，尤其是穆希卡，时常发出"呜……汪汪汪……"的叫声。每次针对的，都是这个家庭中的"外人"、也是不同阶层属性的尼基京。所以，穆希卡和索木也是不简单的狗；而它们的叫声，也不是简单的犬吠。

"泥鳅"是一条狗，但是一自由、快活的生命个体。自由和快活，属于凡卡这样的孩子吗？穆希卡和索木也是狗，但面对"外人"，颐指气使。反倒狗成了人，人却变成了狗。所以，它们可以长时间"不认"尼基京。因为在"尊贵的"穆希卡的意识中，出身上层家族的它根本不需要和一个"穷教书的"成为朋友。同时，作为外"人"的尼基京，也真拿"狗"穆希卡没有任何办法。

这是"人羡慕狗"的真实写照……

契诃夫是世界著名的短篇小说大师，后人常将他和法国的莫泊桑（Guy De Maupassant）、美国的欧·亨利（O.Henry）并列。小说创作上的成就，很难说三人孰高孰低。《变色龙》（*Chameleon*，契诃夫）、《项链》（*The Necklace*，莫泊桑）、《麦琪的礼物》（*The Gift of the Magi*，欧·亨利），都是世界文学史上的精作。正如雨果（Victor Hugo）所言："崇高的东西，都是平等的。"每每看到这些伟大的名字、伟大的作品，都不觉感慨先人不朽的成就，造就了后人的幸运。他们一生的奋斗，为后人留下了无尽的精神食粮。

但对比莫泊桑和欧·亨利，契诃夫在另一个方面成就斐然——戏剧创作。从现有的很多资料看，契诃夫对此看得很重，这也许跟戏剧创作能为他带来可观的报酬有关。契诃夫也鼓励高尔基尝试创作戏剧。后者在他的建议及作品的感动下（高尔基曾写信给契诃夫：前不久我看了《万尼亚舅舅》，哭了，哭得像个女人，尽管我远不是个神经脆弱的人。回到家里，惘然若失，被您的戏揉皱了……），分别于 1901 和 1902 年完成了《小市民》（*The*

Philistines）和《在底层》（*The Lower Depths*）两个剧本。更有意思的是，他仿佛是在"监督"高尔基写剧本。因为他曾在一封信中写道：

亲爱的阿列克谢·玛克西姆维奇，您的去中国的邀约让我吃惊。那么剧本呢？剧本怎么办？莫非你已经写完了剧本？

契诃夫有些"生气"了，但更多的是天真……

尽管投身"表演艺术"会为他带来更多名利，但契诃夫绝对是一个对自己和作品有着严格要求的人。《万尼亚舅舅》（*Uncle Vanya,1897*）、《三姊妹》（*The Three Sister,1900*）、《樱桃园》（*The Cherry Orchard,1903*），无一不是现实主义戏剧的传世佳作。由于特定的艺术风格，契诃夫的戏剧作品在中国有着极高的地位。2011年，我首次考研，"体验"中国顶尖的戏剧院校。知道有道叫"戏剧梗概"的高分值题，所以，刻意去记很多中外名作的概要，契诃夫的更是重点记忆对象。但拿到考题后，我立马慌了神，因为其中一部剧的名字闻所未闻，所以上交的答题纸留有大片空白。事后我知道，那部作品是契诃夫的，并且是"圈外人"陌生而"圈内人"熟知的，它的名字叫《海鸥》（*The Seagull*）。这是部于1896年1月首演失败的作品。契诃夫描述自己"像一颗炸弹似的飞出了彼得堡"，并得出"结论"：不应该再写戏了！

显然，他食言了；但好在，他食言了。

《安徒生童话》与"六·一书市"

不论一个孩子是否爱看书，在童年时期，多少都会有一些藏书。并且，总有那么几种书，跟时代和地域没什么关联——只要是孩子，不管是生于 20 世纪 80 年代还是 2010 年代，不管生活在大城市还是小城市，都会藏有这样的书，比方说《安徒生童话》。

尽管不藏有《安徒生童话》，或不曾精读，或没有从头到尾读完，但对于安徒生（Hans Christian Andersen，1805 — 1875）所写的很多故事，想必也不会陌生。这就是一种成长的默契陪伴——"你"不去关注它，它却不会忽略"你"。所以，对于小学毕业前"才"学《卖火柴的小女孩》，我们有些惊讶——是不是有些"小儿科"了？

我是藏有《安徒生童话》的，并且这本书在今天仍能轻易找出来。不过，对这一名著，"精读""读完"，都没发生在我身上。除第一篇《小锡兵》外，再没读其他的篇目。大 16 开的精装本《安徒生童话》，十几年间，单纯扮演了书架陈列的角色。说起来有些惭愧，近 20 元的定价在 20 世纪 90 年代中期不是个小数字，家人为我买下时也一定充满了某种期望。但很遗憾，我是个买书积极、看书动力有些缺乏的人。这也许是不少孩子的"通病"。"光买不看",是很多中国家长拒绝为孩子买书的理由。从前反正是这样,估计今天也差不多,未来可能也是如此。

"光买不看",确实让人"生气"。但如果能看到"买书"这一行为的本质,大人们就应该感到欣慰。书是什么?是精神与思想的集合。雨果就说过,书是"改造灵魂的工具"。所以,买书的孩子,实际上是在集合高尚的灵魂,这难道不是一项了不起的"事业"吗?至于看与否,则是另外一回事。但不买,肯定没得看。

我藏有《安徒生童话》,一方面是成长的"证明"——没有《安徒生童话》的童年想必是不完整的;另一方面,这本书关涉一件盛大的童年往事——风靡一时的"六一书市"。

什么是"六一书市"?也就是在"儿童节"的前后几天,书店开展的"买书送礼"活动,买得越多,得到的礼品也就越"贵重"。那时,书店是平日里孩子们爱去的地方,"六一书市"更是不能错过的。平时不开口要的书,"六一"是难得的机会。更何况,还有好礼在等候。

不清楚别的地方("历史上")是否存有这样的"书市",但在我居住的小城,这绝对是一桩"盛事"。那几天,不少童书被搬出室外,摊放在一张张桌子上,这样无疑方便选购。此外,"书市"进行期间,书店周边彩旗招展,气球升天,还放着欢快的音乐。当时小城只有这一家"大书店",位于一路口处。那时汽车不多,否则不知会堵成什么样。书店这番"折腾",都是为了迎接一群人的到来——过节的孩子,当然也包括部分孩子的家长。

临近"六一",我们也知道了这一年"书市"的起止时间。至于如何得到这样的消息,只能说是一种"玄学"。书店从没到学校门口发传单，也没通过当时仅有的几种媒体形式做广告。但我们就是知道了——这就是所谓"关心的事儿"。

其实，对于"书市"的时间，并非没有规律可循：通常为"六一"当天加一个周末的前后几天。例如"六一"是周二，"书市"就是周六到周二；如果是周四，则为周四到周日。假如"六一"恰恰出现在周末，"书市"可能就只有两天时间。不过，我们并不关注"书市"持续几天，只是期待能在开幕当天，甚至是当天的上午前往。"盛事"嘛！谁不想在第一时间凑个热闹？但更为关键的，是"书市"本身巨大的诱惑力。

如果"六一"当天不是周末，看样子就苦了年纪较小的孩子。因为他们无法自行前往。其实，"六一"赶上周末的概率是很低的，难道这些小同学就要"抑郁"很多年？不过，这样的担心有些多余。因为在当时，成年人也清楚"书市"的分量。所以，家中有适龄孩子的大人，有时会因"陪孩子买书"提前跟单位"打招呼"。因这一原因请假半天，一般是可以被理解的。我的《安徒生童话》就购于参与"六一书市"的初期，因此有人陪同。但我不记得那天大人是请了假陪我来的。所以，最有可能是1996年的"儿童节"。

这样，开幕的当天、当天的上午，大孩子、小孩子就"欢聚一堂"了。大孩子或是独行，或是和三五个同学说笑打闹前往；小孩子也有了大人的陪伴。通往书店的路上，会看到由"小鬼"组成的"快乐小队"，或载着孩子的自行车、摩托车——真是幅美好的画面。前往"书市"，虽不至于穿上节日的盛装，但对孩子们而言，绝对带着颗"朝圣"的心。大人们偶尔"端端架子"，毕竟是要"花钱"嘛！不过，人都来了，只有"认了"的份儿。所以，"端架子"

是一种"下意识"，一种中国的大人在自己孩子面前的"无意识"。

赶在第一时间来到"书市"，除是一种精神上的满足外，还有"物质"的驱使。"书市"的人气我们是清楚的，担心心仪许久的书售罄？这可能是事情的一面。"六一书市"最大的惑力，是书店设置的奖品。对书的追逐让我们对书店产生神往，书店的"神性"，让关于书店的一切富有魔力。所以，书店的奖赏，无异于一种"神赐"——很少有孩子经得住这样的诱惑。

我们渴望得到书店的奖赏，但也明白，得到"大奖"几乎是不可能的。"书市"期间购书，从本质上讲，是大人和孩子做的一个"节日游戏"。既然是游戏，就不可能全然放开手脚，但我们享受这样的"小游戏"。"书市"购书，有着发自心底的快乐，更会隐约体会到一种亲子间的和谐。

"大奖"虚幻，"小奖"不甘心。于是，多数孩子的"目标"是中等奖。印象中，两百元以上是"大奖"，然后是一等奖、二等奖……最低是七等奖。中等奖的消费金额大概在 80 元左右。尽管这在当时是个"大数字"，但也要有计划地使用，甚至还要动动脑筋——重数量还是重爱好。捡着便宜的买，可能会买一大堆，但其中不一定有自己特别喜欢的；挑喜欢的，80 元可能就买不了几本了。我们自然想多买，又想买自己感兴趣的，但两者有时就是这样无法兼得。我是"数量优先"的实践者。现在想想，这样的观点稍显浅薄。

结完账，会得到一张奖券。拿到奖券，可能是因为激动，也可能是因为感动，有些孩子的眼泪都快流出来了，紧紧握住奖券，迈着坚定的步子朝兑奖处走。仿佛去做一件大事，其实这就是一件大事。而且，只有早到，才有机会得到更"好"的奖品。什么是"好奖品"？标准大致有二：一是同"学习"无关；二是"体积"比较大。只有同"学习"无关，才有"儿童节"的味道；只有"体积"比较大，才有"赚"的感觉。最后，离开兑奖处，还不忘多看几眼"大奖"、一二等奖的奖品。同时，离开兑奖处，是那么不舍。因为离开，意味着一种"快乐"暂时画上了句号。再享受这样的快乐，可能就是明年的这个时候了。但孩子们很天真，他们以为这样的快乐每年如约而至。因为"六一"年年有，"书市"就会年年办，他们不会意识到，很快，自己不再是"儿童节"的主角。

那时，"书市"期间，童书区就是一人声鼎沸的游乐场。又因多了发奖券、兑奖等事宜，原先的人手肯定不够，其他图书区的同事"无私支援"。但这样，岂不是冷落了成年顾客？其实，"书市"期间，整个书店除售货员和家长外，几乎再无成年人。即便他们来到书店，多半也会打退堂鼓——大门很难挤进去。即便进去了，估计也会被孩子们的疯跑、尖叫、傻笑搞得头大。我曾亲眼看见一带着草帽的老先生，苦笑着空手"逃离"书店。

"六一"过后的教室里，会多出许多新鲜物。毫无疑问，买书得的奖。就像萧红在《呼兰河传》中讲到的庙会过后，买了不倒翁的家庭会将其摆在显眼处，以证明没有落伍一样。我们把奖品带到学校，也是为了显示自己没有错过这样的"盛举"。当然，没有太好的奖品。但谁要不把奖品带到学校，也是不怎么正常的，甚至会招来好事者幼稚的猜测。

老师自然也知道我们在"六一"期间干了啥。有一次课上，以提问的方式问了几位同学买了什么样的书。其中一同学的"答案"令老师十分"满意"——下学期的"参考书"。那一刻，我只觉得他十分"明智"：既买了必须要买的书，又不耽误拿奖。但，面对嘉年华般的"六一书市"，有多少孩子会有这样理性的头脑？此外，此期间买"上学"用的书，总认为冲淡了一种难得的好气氛。"六一"这天，尽量与"无用"相连吧！

不知小城的"六一书市"起于何时，但在我小学毕业后，仿佛在一瞬间衰落。2001年"六一"刚过，迎来了寄宿学校回家的日子。经过位于路口的书店，几张摆着稀稀拉拉书的桌子，几个孤零零的气球，不那么响的音乐"提醒"了我，这是去年还参与过的"六一书市"。那天是6月2日，星期六，但孩子们去哪儿了？售货员无事可做，兴致勃勃地同同事聊天。而我，这个曾经"六一书市"的"脑残粉"，在这时，竟不知该干些什么了。那天，大人买了几张光碟，因此攒了很高的"额度"。我拿着奖券，应付事一般地走向兑奖处。虽不是"大奖"，但也可以换比较高级的奖品。奖品种类丰富、数量充足，但我却厌于在这里耗费时间，拿上一支"英雄"牌的钢笔匆匆离开。仅仅一年，我对"六一书市"的态度发生了一百八十度转弯。这是一种"无解的"悲哀！其实，对"六一书市"的遗忘，也让我心痛。所以，这次的冷淡，反倒成了铭记的开始。

也许，今天的书店仍会在"六一"期间开展类似的售卖活动。但之前的繁盛场景，应该不会再出现了。购书渠道的多元与网络购买的折扣，降低着书店的"神性"。并且，设置什么样的奖品，才能吸引现在的孩子呢？因此，作为"盛世"的"六一书市"，可能就是"特殊时期的特殊产物"，一旦特定的时代过去了，这个时代所孕育的很多东西便会枯萎。还好，我经历过那样一个时代，更获得过相应的真趣。之后的每个"六一"，我最先想到的就是记忆中热闹无比的"六一书市"。

一段不应被遗忘的历史

第十二册第十七课《詹天佑》，是小学阶段最后一篇讲读课文。在第十二册的课本中，出现了一些之前不曾出现的词汇，如"最后""回忆""毕业"等。有多少人在当时会将这类词汇收入脑中？我想不会太多。而我可能就在这少数人的行列。第一组课文"导读"中的"这是小学阶段最后一个学期的第一组课文"和第六组"本组是本册教材的最后一组，也是整个小学阶段的最后一组"这两句话，让我在2000年的春夏察觉到了一丝寒意。老师不曾带着大家学习课本中的"导读"，所以对于不少人而言，"导读"仿佛是不存在的。但我有拿到课本后从头翻到尾的习惯，"被迫"接触这样带有泪点的信息——自找苦吃！

再翻看第十二册中的课文，有深刻印象的篇目不是太多；翻看手头存有的全部小学课本，印象深刻的篇目集中在四年级。不知为何，很长时间以来，我认为四年级很"特别"；离开小学后，感觉四年级的小学生最令人"羡慕"。重读小学课文，好像印证了这一点。十岁左右，会是一个人思维最活跃的时期吗？可以肯定的是，四年级，是小学低年级向高年级的过渡期，是一次真正意义上带有主观意识的身份转换。因此，四年级，是童年时期的一个拐点。

《詹天佑》这篇课文，主旨是赞扬詹天佑（1861 — 1919）的爱国精神。事实上，在学课文之前，对于他的事迹，我们已略知一二。三年级上学期课本"基础训练"中的一篇阅读，就是詹天佑离开耶鲁前的一个故事。即便学课文时已将这个故事忘却，但作为一个国家最有影响力的爱国者之一，詹天佑的名字和事迹也会潜藏在中国人的头脑深处。

其实，关于詹天佑，"修铁路"只是故事的一角。进入初中后，学习中国历史洋务运动这一部分，教材略提一个非知识点的史学概念——"幼童"。"清政府选派幼童出洋"，大致是教材的说法。随后，又不知从哪儿得到了相关"链接"：詹天佑是其中一员。教材没有详尽讲述"幼童"的故事，却留下了一张著名的照片——几十个身着长袍的小男孩的集体照。因为是黑白图片，所以无法看清每个人的面容，也没有注意到照片的拍摄地点。照片上的小男孩，是中国历史上最早的（从1872到1875年派遣四次，共120人）官派留学生——"留美幼童"；照片的背景，是李鸿章1872年创办的轮船招商局。

平均12岁的小男孩集体留美，算得上中国历史上的"千古之奇事"。促成这桩奇事的，是"洋务派"的干将曾国藩、李鸿章等人。但这一构想的源头，却来自另外一个人——耶鲁大学(Yale University) 首位中国毕业生容闳（1828 — 1912）。

容闳出生于广东香山县的南屏村，即今天珠海市的南屏镇。7 岁进入澳门的教会学校。那时，港澳一带对外交往相对活跃，进入教会学校能够学习外文，今后为洋人做事，可获不薄的薪水。

这也许是父母送容闳去教会学校的初衷。令他们没有想到的是，儿子的这一步走得更远——不但自己去了美国，几十年后，还将更多的孩子带往大洋彼岸，写就了这个古老国家一段有关童年和青春的历史。

尽管在赴美前，容闳接受的也不是传统的"四书五经"的中式教育。但他像很多儒家知识分子一样富有家国情怀。赴美后，容闳一方面看到的是一个极速变化的世界，另一方面想到的是那时已灾难深重的祖国。他感知到，中国落后已是事实，若想重新崛起，必须紧跟时代的步伐，学习先进国家的技术与理念。耶鲁学成归国后，容闳从事过多种职业，但总设法与当时的达官贵人接近。因为只有获取他们的支持，才能实现自己的报国理想。容闳在他的回忆录《西学东渐记》（*My Life in China and America,1909*）中写道：

予意以为，予之一身既受此文明之教育，则当使后予之人，亦享此同等之利益，以西方之学术，灌输于中国，使中国日趋于文明富强之境。

终于，容闳得到了拜会曾、李二人的机会。作为具有现代意识的汉族大员，通过对局势的长期斟酌，以及"天津教案"的直接刺激，两人终于在1871年8月5日联合向同治皇帝上奏，期望朝廷选派聪慧子弟到海外留学。一个多月后的9月9日，总理衙门接旨：依议，钦此。短短四字，浓缩着容闳长久不改的爱国志向、开明士大夫的忧患意识，以及一个不愿屈服的王朝的艰难而勇敢的尝试。

一年后，精心挑选的 30 名聪慧、帅气，且名字悦耳的小男生在上海登上了前往美国的轮船，开始了他们计划 15 年的留洋之旅。容闳写道：

溯自 1854 年予毕业之时，以至 1872 年中国有第一批留学生之派遣，则此志愿之成熟也。

近 150 年前，将一个未成年的孩子送往国外，并且一走可能就是 15 年，这样的家庭经受了怎样的情感抉择，想必外人很难体会。1873 年出洋的李恩富（1861 — 1938），于 1887 在波士顿出版了自传体著作《我在中国的童年》（*When I Was A Boy In China*），这（可能）是美出版机构第一次出版亚裔作者的作品。在书中，李恩富记述了离别时的场景：

At last,after bidding farewell to all my uncles ,aunts and cousins,with others of my kith and kin,I paid my last respects to my mother in conventional way.I did not embrace her and kiss her : Oh no!that would have been un-Chinese and undignified.What I actually did was to bow my head four times to the ground upon my kenns.She tried to appear cheerful,but I could see that her eyes were moistened with tears.I did not think much of it then,but I remembered it in after-time.Ah! a mother's love is strong wherever it is found.She gave me some pocket-money and bade me be a good boy and write often.

With those words ringing in my ears and the memory of that sad face fresh in my mind⋯

⋯

We bade our friends farewell with due solemnity,for the thought that on our return after fifteen years of study abroad half of them might be dead,made us rather serious.

出洋前，政府和每个家庭签订了"合同"，文中确有"各安天命"等字样。也许是一语成谶，他们中确有少年早逝者。例如15 岁便考入瑞萨莱尔理工学院的潘铭钟（1862 — 1878），逝世时只有 16 岁。

之所以选派幼童留美，一方面是因为在李鸿章等人看来，美国更重视实用技术的传授，这对中国而言更易起到立竿见影的效果。另一方面，那时中美之间建立着相对良好的外交关系。学习中国近代史，有一个重要的"关键词"——各类不平等条约。屈辱的历史让人警醒，但也不应忘记相对友好的历史。1868 年，中美两国政府签订《中美天津条约续增条约》。因中方代表为美国人蒲安臣（Anson Burlingame），所以又称《蒲安臣条约》(the Burlingame Treaty)。条约第七条规定：日后两国人欲入对方大小官学学习，须照所有最优国之人民一体优待。查阅关于"幼童"的资料，会不自觉修正以往诸多的历史观。"幼童"出洋的 19 世纪 70 年代，中国已经历了两次鸦片战争，并发生了席卷大半个中国的"太平天国运动"，中国的国际影响力和国内的社会状况可想而知。但当美国媒体报出一群来自古老东方国度的小客人即将抵达的消息后，美国政府、社会上层、普通民众以极高的礼遇迎接这群远道而来、肩负着国家使命的孩子。他们在旧金山下船，也是惊艳的首次"亮相"。无论是妆容、长相、举止，在这个建国尚不足百年的国家，都是一难得的奇观。随后，他们乘火车横跨美洲大陆，前往当时美国教育资源最丰富的新英格兰地区（New England）。更为传奇的是，他们途遇劫匪。不过，就是在这样一个惊慌时刻，"幼童"们第一次听说了电报这个新鲜玩意。而未来在美的日子，他们的"朋友圈"中不仅有同龄的美国伙伴，还有大作家马克·吐温（Mark Twain）、《汤姆叔叔的小屋》（*Uncle Tom's Cabin*）的作者斯托夫人（Harriet Beecher Stowe），甚至时任美国总统格兰特将军（Ulysses S. Grant）。

同今天的"游学"一样，为了更好学习语言、适应文化，"幼童"们被分入不同的家庭。这些接纳"幼童"的家庭，成员往往有着较好的职业，属于美国的中产阶级，或以上的家庭。其实，回顾这段并不为太多人了解的历史，"幼童"与他们的美国家庭，是一个较为特殊的"点"。抵达美国时，他们过于年幼；他们在此不是短短几日，而是数年。所以，"幼童"的历史既是一个国家的教育史、外交史，更是两国的民间交往史。年幼的孩子对家和父母的依赖，美国家庭对这些孩子的呵护与包容，生成了太多可歌可泣的故事。在 *When I Was A Boy In China* 中，作者记述了自己和美国"家人"第一次相见的场景：

We were assigned two by two;and it was my good fortune to be put into the hands of a most motherly lady in Springfield.She came after us in a hack.As I was pointed out to her,she put her arems around me and kissed me.This made the rest of the boys laugh,and perhaps I got rather red in my face;however,I would say noting to my embarrassment. But that was the first kiss I ever had had since my infancy.

　　所以，"幼童"的身份，既是"学习者"，也在不知不觉中扮演着"使者"的角色。20世纪三四十年代,有美国学者单纯关注"幼童"的精神价值，直言他们"为架起中西方之间的桥梁做出了努力"。事实也是如此:在当时"幼童"集中的哈特福德（Hartford），他们是城市中最受欢迎的一个群体；而首批"幼童"在美入学的9月22日，为日后"容闳和中国留美幼童纪念日"。

　　聪慧，是成为"幼童"的重要条件。加之后天的勤奋，在短短的时间内，他们在美的学习成绩飞速进步。此外，在棒球、赛艇等运动场上,在人际交往上,"幼童"也是佼佼者。曾有美国的"同龄人"撰文：抱怨"中国的男孩令美国女孩心醉"，我们在他们面前"没什么机会"。了解这段历史的美国学者也讲道：这些中国青年是美国学生的榜样。

　　事实上，虽然"幼童"出洋的计划得以实施，但阻力也是显而易见的：中国长久以"天朝大国"自居，视西方机器设备等为奇技淫巧。所以，去国外学技术，是何等大辱！尽管李鸿章等人总体开明，但他们精神上的"根"，仍是传统的儒家理念。他们希望孩子出国学本领，以达"自强"的目的；又绝不允许"忘祖"现象的出现。因此，"幼童"在美期间，中文和儒家经典同样是必修课。并且，像"幼童"的教师中出现女性这样的琐事，李鸿章也要干预。但，"幼童"们一天天长大，异国文化的渗透是无形的。如果"易装"是为了体育课的需要，留学事务局尚能默许的话，那么剪发辫、入基督教，就触及了规则的底线。加之19世纪80年代在美出现了排华浪潮。所以，提前终止这件"古今未有之奇事"成了一种必然。1881年，这项原定于15年的计划，进行到第九个年头时戛然而止。6月8日，光绪七年五月十二日，总理衙门向皇帝呈递"奏请将出洋学生一律调回"的奏折：

臣等查该学生以童稚之年，远适异国，路岐丝染，未免见异思迁。是以外洋之长技尚未周知，彼族之浇风早经洗染，已大失该局之初心。相应饬下南北洋大臣，趁各局用人之际，将出洋学生一律调回。

"出洋"的奏折，呈后一月得到批复；"调回"的折子，皇帝在次日便颁布上谕：依议，钦此。

当时，"幼童"中只有詹天佑和后来成为外交官的欧阳庚完成了大学学业。别离之时，对这些已长大了的"幼童"而言，难舍的可能不是学业，而是他们的"家人"；同样，对这些美国家庭来说，他们知道会有"离开"的那一天，但如此突然，也是情感上的一道"坎儿"。尽管之后又有人回到美国继续学业，或通过其他途径返美,但多数人还是将思念寄托于信件。一位美国"家人"曾在信中这样写道：即使有朝一日你们满头白发。（still call you our boys.）

即便多数人未完成既定的学习计划，但归国后的"幼童"，在晚清及民初的舞台上显示了自己的"身手"。他们中的很多人是中国某些事业的开创者，例如电报业、铁路业、采矿业等。还有一部分成了中国最早的外交官，例如后来促成了一项更著名的留学事业——"庚款留美"的中国驻美国公使梁诚。但还有一些人，他们在清末大大小小同外敌的战斗中为国捐躯。可见，即便"幼童"在美受到了西化思想的影响，但依然遵守着他们认为的底线。所以，朝廷的担心，显然是一种多虑。当梁启超在美国听完晚年的容闳讲述的"幼童"故事后，说了九个字：舍叹息之外，更无他言。

对于学过中国近代史的人而言，作为"概念"的"留美幼童"不应感到十分陌生。但由于年代久远、"幼童"们所处的时代、职业等，后人很难有"深入"的机会，甚至对这段历史缺少一种公允的评判。但一旦翻开这段历史，细细品读，发现进入的是一个令人唏嘘，更让人伤感的世界——在一群孩子身上，折射着国家的兴衰和个体命运的起伏。时代几经变换，"幼童"们的故事已经远去。但关于这群孩子，不应只是一个简单的史学概念，或一张模糊不清的老照片。这是一段不应被遗忘的历史。在这段历史中，有先前不知的"知识点"，一种新的历史观，还会获得一种强大的人伦力量。